中华文史故事

第三辑

悲剧故事

◎张巨才 主编
刘庆生 编著

中州古籍出版社
·郑州·

图书在版编目(CIP)数据

悲剧故事 / 张巨才主编. — 郑州 : 中州古籍出版社, 2018.1
(中华文史故事)
ISBN 978-7-5348-6995-2

Ⅰ. ①悲… Ⅱ. ①张… Ⅲ. ①历史故事-作品集-中国 Ⅳ. ①I247.81

中国版本图书馆 CIP 数据核字(2017)第 078149 号

出版社:中州古籍出版社
(地址:郑州市经五路 66 号　邮政编码:450002)
发行单位:新华书店
承印单位:河南永鸿印务有限公司
开本:640mm×960mm　1/16　**印张**:16.5
版次:2018 年 1 月第 1 版　**印次**:2018 年 1 月第 1 次印刷

定价:28.00 元

目 录

建文帝君臣受苦难

苏州吴江人史仲彬，举明经，被授予翰林院侍读的官职，负责每日给建文帝讲学。这天，他退朝回到家中，立即吩咐仆人准备船只行李，送自己的夫人和孩子回老家去。正在他忙着料理家务，准备与夫人告别的时候，他的好朋友翰林院编修程济急匆匆地来到他的府上，似乎有什么重要的事情要和他商量。

原来，明太祖朱元璋死后，由于太子朱标早夭，朱元璋的太孙朱允炆承袭了帝位，这就是建文帝。朱棣，是朱元璋的第四个儿子，因为屡建战功被封为燕王，驻扎在北平一带。

洪武三十一年（公元1398年），建文帝即位后，深感各地藩王的势力太大，威胁着朝廷的统治。于是，他与兵部尚书齐泰、太常卿黄子澄及文武官员定策削藩，先后废掉了周王、齐王等藩王。燕王朱棣指斥齐泰、黄子澄等人为奸臣，因此以“清君侧”为由，于建文帝元年（公元1399年）起兵，号称“靖难”之师，由北向南京杀来。朝廷遂派大将李景隆北征迎敌，凶吉未卜。

史仲彬将程济让进堂后，不等他落座，便急切地问道：“程先生，方才你又听到什么消息了吗？”

程济说：“小弟在宫中见到了紧急的军队文书。”

“文书上报告了些什么？”史仲彬忙问。

“那李景隆纳款投降。”程济说，“淮安也已失守，北兵指日就要渡江了……”

“皇上有何打算？”史仲彬问。

“皇上束手无策，”程济说，“只得命相国方孝孺老先生去征兵勤王，不知能否济事。”

史仲彬怔了一会儿，说：“程先生，你精通谋略，又擅用兵……”

程济说：“徐州之捷，小弟曾经充过军师。只是那些掌兵权的均是些纨绔子弟，三军涣散，能成什么事？”

“小弟我也在为时事犯难，正在打发妻儿回家。”史仲彬说。

“老先生这是何意？”程济问。

史仲彬说：“只为留此孤身，以报皇上。”

“请问先生令郎有几位？”程济问。

“只有一子，刚满周岁。”史仲彬答。

“曾定亲否？”程济问。

史仲彬说：“襁褓婴儿，我哪里有工夫为他联姻。”

“小弟只生一女，也才一岁。”程济说，“你我既为至交，何不缔为和美的亲家，岂不好上加好？”

史仲彬一听此言，正合己意，便说：“大丈夫片言九鼎，你我一拜定盟便了。”说罢，二人相扶而拜，结为亲家。

“小弟尚有一言相告。”程济说，“老先生家在水乡，船只来往方便，请你吩咐管家，在六月十三日，千万驾一只小船在后宰门御沟等候。”

“要船何用？”史仲彬不解地问。

程济说：“此乃天机，不可泄露。”

正在此时，一个太监来到史家传达圣旨，他说：“奉圣旨，各位大臣明日会集，在朝堂共议。且喜程先生也在此，明日早些入朝，我就不到尊寓传旨了。”

太监走后，程济说：“小弟也要回家安排小女之事，恕不久留。”说完便走了。

次日，各位大臣齐集宫中，与皇上共议国防之事。只听建文帝说道：“寡人承太祖之遗业，黎民乐业，将相同心，怎奈周、齐、代、岷，纷纷告变。燕王起兵于北平，领兵南下，破李景隆于德州，我军连战连败，江淮俱已失守。寡人不得已，已命相国方孝孺老先生四处征兵勤王。寡人又曾严命兵将，勿使朕负杀叔父之名。燕王则视我诚信可欺，谬称

诛杀齐泰、黄子澄。寡人已将齐、黄二臣黜逐，燕王却攻杀更甚。如今京师危如累卵，还望众臣献计献策。"

史仲彬、程济以及翰林院修撰吴成学等众臣听了建文帝的话，个个义愤填膺。史仲彬说："臣启陛下，高皇帝（指朱元璋）血战千场，创下今天如此大业，付与陛下，永继百世。岂能容一叛王夺我祖宗之社稷？更何况我金陵城虎踞龙盘，完全可以固守。若逃往湖湘、江浙，既无险要之地可以作为屏障，又没有援兵。而且，陛下离京必使民心大乱，金陵城必将土崩瓦解。"

"臣启陛下，自古顺天者存，逆天者亡。"都御史陈瑛说，"燕王久随太祖北伐，善于用兵，攻杀燕、齐、淮、楚各地以来，势如破竹。陛下屡发倾国之兵，无一能胜。如今燕兵全军压境，势如泰山。若与他对抗死守，我们的兵将在哪儿？谁又能援救我们？"

建文帝无措，问："依你的意思……"

陈瑛继续说道："何况燕王是叔，陛下是他侄儿。自先太子亡后，太祖之子唯燕王为长。依臣之计，陛下立即派大臣……"

"派往何处？"众臣纷纷问道。

陈瑛说："派大臣到燕王军前通和，将大位让给燕王，保陛下富贵无疆。"

不待建文帝说话，众臣早已气得咬牙切齿。只听史仲彬说道："住口！陈瑛，你向来怀有叛心，今日尽都吐露了。"

"史仲彬，你这迂儒，哪识时务？"陈瑛急辩说，"陛下在上，自古当断不断，反受其乱。若不及早让位，待到临崖勒马，江心补漏，恐怕就迟了。"

"陈瑛！"史仲彬怒不可遏地斥责陈瑛说，"高皇帝与圣上都待你不薄，你怎么能说这种混账话？"

程济、吴成学等也怒斥道："值此危急时刻，岂容臣子发此逆言？"

陈瑛说："难道你们直到刀临颈上，方信我的话？"

"好你个奸臣，暗通逆党，还敢胡言？"史仲彬气愤至极。

"你敢说燕王是逆党？"陈瑛说，"破城之日，少不得和你算账……"

"啪"的一下，史仲彬挥舞着手中的朝笏狠狠地打在陈瑛的头上。当他再要去打时，被走上前去的众臣拦下。史仲彬对建文帝说："臣启陛下，陈瑛叛心昭彰，若不早除，必然与逆党暗通消息，坏我大事。"

建文帝也愤怒不已，命令说："派武士速将陈瑛的冠带剥去，交付天牢监候，拟罪定夺。"

这陈瑛原任北平按察使司，曾经数次向燕王行贿。升任都御史后，与方孝孺、齐泰、黄子澄等诸臣事事相左，想来在此绝无扬眉吐气之日。燕王起兵之后，他便觉有机可乘。

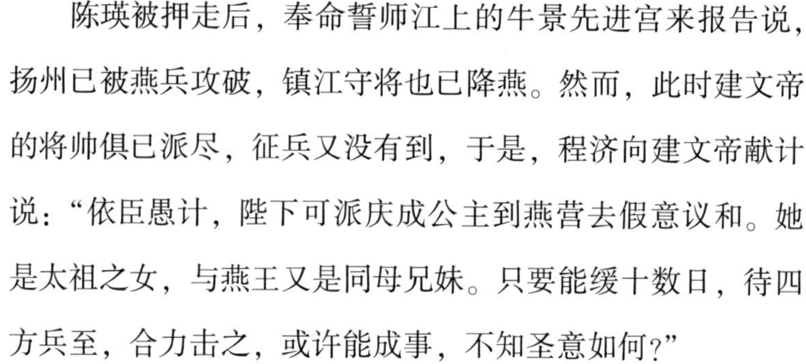

为了向燕王表功进忠，便竭力撺掇建文帝让位。

陈瑛被押走后，奉命誓师江上的牛景先进宫来报告说，扬州已被燕兵攻破，镇江守将也已降燕。然而，此时建文帝的将帅俱已派尽，征兵又没有到，于是，程济向建文帝献计说："依臣愚计，陛下可派庆成公主到燕营去假意议和。她是太祖之女，与燕王又是同母兄妹。只要能缓十数日，待四方兵至，合力击之，或许能成事，不知圣意如何？"

"如此甚妙。"建文帝说。

几年前，程济就曾进忠言给皇帝，要求防范北方兵事，但却因此遭到监禁。直到燕王起兵后，他才被放出狱，官复旧职。去年生下一女后，不料夫人却得了一场大病死了。于是，他将小女托付给家里的仆人程忠夫妇二人抚养。今日，他退朝回家后，便立即对仆人程忠说："程忠，你夫妇二人跟随我多年，情同手足。我碌碌半世，只生此女，而且她离胎丧母，我实不愿与她分离。只是燕王兵临城下，这里不可久留。你二人可带小女到徽州歙县洪秀乡，那里有我破屋几间，薄田数亩，可供你们耕种度日。"

"只是我们去了，老爷在此，谁来服侍？"程忠说。

"不消你们多虑，只愿你们把小女抚育长大。"程济说着，交给程忠一个小包裹，说："这里有银子五两，供你们用作路上盘费。另有一封我的亲笔手书，上写小女的年庚八字。我昨天已将她许配给我好友苏州吴江人翰林院侍读史仲彬之子为妻了，待她长成，你把我的手书交给她，将详情细细说与她知道。”

“啊呀，老爷!”程忠说，“你与小姐不过暂时相别，何故出此决绝之言？莫非老爷在此，要做什么拼命舍身之事吗?”

“我存亡未卜，一言难尽。”程济说，“只是小女日后孤单，为父我……”一语未尽，眼中含泪。

于是，程忠夫妇二人怀抱程小姐与程济依依而别。

燕王朱棣率领龙骧大将军张玉、虎贲大将军丘福等一路扫荡，过关斩将。庆成公主奉旨进入他的大营议和，他早知这是缓兵之计，不予理睬，继续南下，将金陵城团团围住。把守金川门的裕王见建文帝大势已去，挥旗投降了燕王。燕兵攻入城里，眼看就要杀进宫中。建文帝愤怒中命人四处放火烧宫，意欲与京城同归于尽。皇后马氏，见皇上一定要为国而死，便先纵身火海自尽。

史仲彬、程济、吴成学等人见宫中火起，急入宫中寻找建文帝，只见建文帝正在奉先殿辞拜高皇和先考的灵位。众臣上来劝他趁早逃出城去。他见了眼前诸位忠臣，说：“诸卿，我不能保全祖传的基业。如今京城已破、宫殿已焚，我不如以一死谢高皇帝对我的深恩。”

史仲彬说：“当初周、汉、唐、宋，多有国难。只要我君臣勠力同心，他日定能重兴社稷，再整乾坤。”

“国家兴废，古来常事。”程济说，“如今首要之事是陛下尽快转移出城。听说高皇帝临终时，留给陛下一个遗箧，说‘大难才发’。如今在何处？”

“是有一个红箧。”建文帝说，“我一直供在此奉先殿。既如此，就请诸臣寻来一看。”

众臣在殿内搜寻一阵，果然找出了一个铁皮包裹的小箱子。打开一看，里面是僧衣、僧帽、僧鞋，还有剃刀一把，白银十两，另外还有一张度牒（僧尼出家，官府发给的凭证），上面写有“僧名应文”的字样。

建文帝说：“我名允炆，今僧名应文，乃应我之名也。”

箱中还有一张红纸，上面写着：“应文从鬼门而出。”

“宫中地下暗沟叫鬼门，直通后河。”程济说。说完，他和史仲彬几人为建文帝剃发，披好僧衣，穿上僧鞋。

建文帝说：“打扮起来，俨然是一位大师了。”

程济说：“臣也预备道装，情愿随行。”

“臣等都愿随行。”史仲彬等人说。

建文帝感激不尽，说：“众卿随我同行，美意难拒。但恐怕人多，反碍人耳目。只程卿一人跟随足矣，众卿可各自行动。今后也不可按君臣之礼称呼我。”

“那称呼什么？”众人问。

“只称大师就是了。”建文帝说，“等我拜别了祖先，就出宫去。”

史仲彬说："弟子家住吴江村，地处偏僻，请大师到弟子家中住下，绝无人知晓。"

建文帝问程济："那里可去得吗？"

"可以暂住。"程济答。

"既如此，我和程徒暂时住在史徒家里。"建文帝说，"众卿等好自为之。若有消息，星夜南来，报与我知道。"

众臣护送建文帝潜出城外。吴成学、牛景先将建文帝、程济和史仲彬送上早已等在河上的史家小船，然后各自回去探听消息。

燕王朱棣攻占京城后，登上皇位，改元永乐。他首先将陈瑛放出监狱，恢复原职。又将齐泰、黄子澄等几个大臣全家抄没，极刑拷打。为了收揽人心，又多次宣召相国方孝孺，让他起草诏书，但都被方孝孺拒绝了。正当他手足无措时，陈瑛走进殿来求见。朱棣问陈瑛：

"陈卿不召而来，有什么事吗？"

"臣听说陛下召见方孝孺，不知圣上何意？"陈瑛问。朱棣说："我召他来，是让他草写诏书。"

"臣启陛下，"陈瑛说，"方孝孺首创削夺之谋。陛下南伐时，他又献募兵之策，并四处征兵以求抗击陛下。陛下宜速速将他诛除方是，怎么反倒召他草诏？"

"孝孺学问品行，高皇帝极为推崇。"朱棣说，"并且寡人起兵时，姚广孝也再三说，不可杀方孝孺，要留下读书种

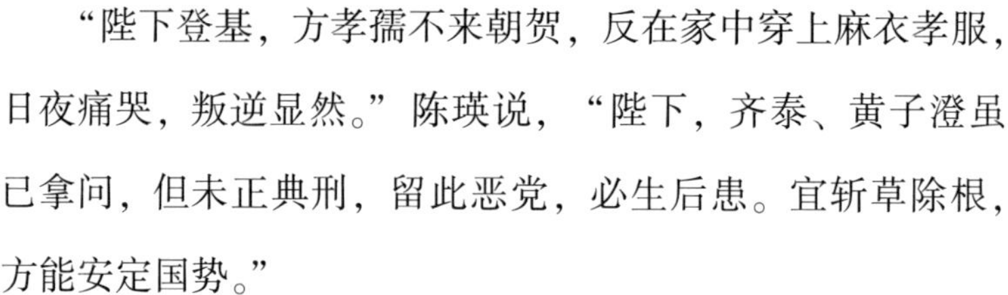

子，所以我要召他。”

“陛下登基，方孝孺不来朝贺，反在家中穿上麻衣孝服，日夜痛哭，叛逆显然。”陈瑛说，“陛下，齐泰、黄子澄虽已拿问，但未正典刑，留此恶党，必生后患。宜斩草除根，方能安定国势。”

“齐泰、黄子澄乃是朕心头首恶。卿可速押齐、黄二犯于雨花台，并斩其妻孥九族。”朱棣说。

陈瑛兴高采烈地说：“领旨。臣再启陛下……”

“你又奏什么？”朱棣问。

“外面纷纷传言，建文帝并未烧死，已经逃走。”陈瑛说。

“啊！有这样的事？”朱棣说，“依卿之见应该如何？”

“建文帝出逃，必藏于他的心腹大臣家。”陈瑛说，“论起他的心腹，唯史仲彬为最。陛下应密派一个将军，率领五百铁骑，到苏州吴江县史仲彬家速速将他们捉拿。”

“就依你说的。”朱棣立即命令将齐、黄二人押往雨花台行刑，又派兵将火速追捕建文帝等人。

方孝孺头戴孝巾，身穿麻衣，被押去见朱棣。正走在街上，忽然听见一阵喧闹的锣鼓声，只见刽子手们押着齐泰和黄子澄从这里经过。二人被捆，招旗上写着“奉旨凌迟犯官齐泰、黄子澄示众”。方孝孺迎上前去，握住他二人的手说：“原来是齐、黄二位老先生。好啊！死得好正气！”

齐泰、黄子澄说："老相国，我二人与你长别了。"

"二位先行，我方孝孺随后就来了。"方孝孺说。

齐、黄二人拱手与方孝孺诀别："请了。哈哈哈……"昂首向前，义无反顾。

紧跟在人群后边的陈瑛也从这里经过。当他见了方孝孺时，也假惺惺地招呼道："老相国请了。"

方孝孺一见陈瑛，顿时火冒三丈，愤怒地说："陈瑛，你这贼臣!"

"方孝孺，你死到临头，还要出口伤人。你这个不知死活的老书呆子！随你怎么说!"

方孝孺欲上前打这逆臣，陈瑛却早已被人拥着离去了。

方孝孺上殿。朱棣见方孝孺的一身装束，便说："方先生，寡人靖难渡江，应天正位。群臣都来朝贺，先生为什么穿此不祥衣服来见寡人?"

"子服亲丧，臣服君丧。"方孝孺说，"我这是为建文帝皇帝服丧尽忠。"

"先生，别的话不讲了。"朱棣说，"寡人今日让先生来，只是为了要你起草一份诏书，上告天地，下颁四海。"

"什么，要我草诏吗?"方孝孺问。

"正是。"朱棣说，"你若草了诏书，定授你宰辅之职，荫及子孙。"

"我要是不草呢?"方孝孺说。

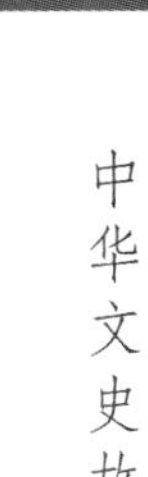

“若是不草，就莫怪寡人不义了。”朱棣说，“来人，抬张桌子，摆上文房四宝，偏要他当殿草诏。”

只见方孝孺信手在摆好的纸上写了三个大大的字“篡，篡，篡”。朱棣上前一看，气得险些晕倒，大怒道：“可恼！可恼！来人，将这老贼绑出去砍了。”

方孝孺大笑着说：“哈……俺方孝孺今日死得其所。你这逆藩，定会遭天报应的。”

朱棣狠狠地说：“你这老贼如此猖狂，我要把你敲牙割舌，全家抄斩，方解我恨。”

方孝孺视死如归，被押往雨花台处斩，并被诛十族。

建文帝剃发为僧，逃出宫后，来到史仲彬家已经两个多月了。几天前，吴成学从金陵来，报告了朱棣进城后的情况。当他听到齐、黄及方孝孺等人的遭遇后，泪流满面。这一天，他正和史仲彬、程济、吴成学为死难的忠臣悲伤不已时，忽然，牛景先前来报信，说陈瑛已派人前来捉拿大师。几人合计一番后，程济说道：“依弟子之计，可去往西南方向。”

“西南方是何处?”建文帝问。

程济说：“从湖广襄阳一路，过了云南，方可暂住。云南僻处万里，侦探不能到达。并且从那儿西可入巴蜀，东可至广西，往南可过海到安南诸国。望大师放心前去，不必忧虑。”

史仲彬、吴成学、牛景先齐声说：“弟子们都愿随行前往。”

建文帝说：“仓促避难，人不可太多，只程徒一人足矣。史徒目下难以离家，吴、牛二徒也不必同行，只要遥为接应就行了。”

“弟子也去削发披袈，为僧为道，暗中护送大师。”吴成学、牛景先说。

“如此，就拜托各位弟子了。”建文帝说。

说完，建文帝含泪拜别了史仲彬等三人。程济肩挑装着行李和各色蒲团的担子随行其后，踏上了去往西南的古道。师徒二人一路登山涉水，夜宿晓行，正所谓：

收拾起大地山河一担装，
四大皆空相。
历尽了渺渺程途，
漠漠平林，
叠叠高山，
滚滚长江。
但见那寒云惨雾和愁织，
受不尽苦风凄雨带怨长！
雄城壮，
看江山无恙，

谁识我一瓢一笠到襄阳。

师徒行进襄阳城，忽听后面传来辚辚的车轮声。二人急忙让到路边，只见在兵马押解着的车上堆着许多人头，上面插着写有死者名姓的标旗。原来这是被朱棣杀死的大臣们的首级，陈瑛命令将其送回原籍。后面跟着一队哭哭啼啼的女犯，她们都是各官员的妻女。皇帝命令将她们充作奴仆，或赏边军……

建文帝面对眼前惨景，肝肠寸断，痛不欲生。程济怕此处往来公干人多，万一被认出面目，则祸生不测，于是拉着他急忙赶路。

二人行至与贵州交界的武岗州，建文帝连累带饿，实在走不动了，便找了一块石头坐下，说："程徒，我肚内甚饿。包内干粮全吃尽了，何处能找到食物才好。"

"只是我去之后，放心不下大师。"程济说。

建文帝说："我坐在此，不妨。"

程济嘱咐了几句，便手持着钵儿去寻找食物，而建文帝在这里看护着行李。过了一会儿，突然从一块大石后面窜出两个拦路打劫的恶僧来。他们早见朱、程二人满脸的斯文忠厚，且穿戴整齐，不像一般的出家人，并且早就看准了那担沉重的行李。两个恶僧凑上前来，对建文帝说："求老师父斋我们一斋，舍几件旧衣给我们穿。"

建文帝被两个恶僧吓得魂飞魄散，颤抖着说："二位师兄，贫僧远行至此，也饥饿难忍，叫徒弟化斋去了。哪有东西来斋你们？"

恶僧说："包内那么多衣服，难道舍不得两件给我们？"说着就要上前伸手取。

建文帝急忙护住行李说："随身几件破衣，哪里舍得？"

"老师父，这就是你的错了，出家人应当舍身喂虎，哪能在乎这几件旧衣？"恶僧们说着一下将建文帝从行李上掀起，顺势将他身上的衣服也脱下，然后用力将他推倒在地。说："此行李担由我们代你挑好啰。"不等建文帝起身追赶，两个恶僧早已无影无踪了。

"啊呀！皇天啊！"建文帝不料自己竟落到如此地步，便一头撞在大石上，昏死过去。程济讨得一钵食物回来，见此状，急忙抱起他，叫道："大师醒来，大师醒来。"

建文帝苏醒过来，见了钵里的暖饭，取过来不顾一切地吃起来。等他吃完，程济问他："大师为何寻此短见？"

"唉！"建文帝向他讲了遭劫的经过，又说："想我落得个行脚僧的下场，又遭这等苦楚，要这性命还有何用？"

"大师，"程济说，"你有大事在身，这些行李不必介意。看这天气似要下雪，这里偏僻难以停留，咱们还是挨过岭去，寻个歇脚的地方为好。"

程济扶起建文帝，两人挣扎着爬行在山道上……

却说建文帝等人离开史家后，朱棣派去的兵将扑了空，朱棣万分恼怒。陈瑛又上奏皇帝，说建文帝必是削发逃走了。于是，朱棣特差北平三员心腹大将，带领人马分三路追袭建文帝。吴成学、牛景先得知消息后，星夜寻访建文帝，为方便行事，也扮作一僧一道，终于在一所破败的寺院里找到了建文帝、程济二人。不容多说，四人又急忙上路。

来湖广、贵州、云南、四川一路追捕的是龙骧大将军张玉。他星夜追赶缉捕，并探听到曾有一僧一道刚过此地不久。于是他命三军快快追上前去。

眼见追兵就要赶到，建文帝一行恰遇一座古坟，洞口不大，仅能二人容身。程、吴、牛三人让建文帝速潜入坟内躲避。建文帝说："我虽躲避，你们被擒，怎么办？"

程济说："到此地步，弟子们性命自然不保，由它去好了。"

吴成学说："大师虽然一时躲过，他们绝不会就此罢手。纵然躲过今日之祸，终难出头。待弟子假扮成大师，将他们骂个痛快，那张玉不认得大师，必认我为真，喝兵擒捉。那时，我拔出腰间利刃，剖破面皮，刎下头颅，让他们拿去请功。大师便可放心前往了。"

牛景先说："吴师兄扮作大师，我便扮作程师兄，等张玉到来，双双自尽便了。"

程济说："吴兄代主，理所当然。我理当效死，岂敢让牛兄替代？”

牛景先说：“啊呀！程兄，大师前途，非兄不能同行。小弟决心已定，不必再议。”

“只为我一身，又害你二人性命，于心何忍啊！”建文帝感激地说，“如此忠臣，世上罕有！”

“都是臣子分内之事，不足挂齿。”吴、牛二人将建文帝和程济推入古坟洞中，又装扮成师徒模样上路了。

张玉及兵将火速赶到，将吴、牛两个拿住。吴成学说：“我们出家人，路过此地，为何无故拦住我们？”

“什么出家人，你是建文帝君罢了。”张玉说。

“啊！”牛景先说，“既认得是建文帝君，怎么不下拜？”

张玉说：“我奉新皇爷圣旨，特来捉拿你们。”

“啊！”吴成学说，“燕藩不道，叛逆兴兵，夺我天下，篡我大位，囚我母弟，焚杀我妻儿，背天无道。我既已削发为僧，还饶我不过吗？”

张玉说：“圣上有旨。我只负责捉拿钦犯。”

“什么钦犯，我认得你是逆贼张玉。”牛景先说，“你原是北平大将，曾受圣上的俸禄，你不思报恩，今日倒助纣为虐吗？”

吴成学说：“我是高皇帝的孙子，执掌天朝，你回去对燕藩说：‘我即使死了，魂魄也少不得拿你。’”

牛景先说：“回去与你主人说，我乃翰林院编修程济，

今辅主不成，拼得一死，在阴间也要去索他的狗命。”

吴成学、牛景先各自出刀划破自己的面容，自刎而死。

十二年过去了。

程忠夫妇受程济之托，带着程小姐在徽州居住。程妻见程小姐渐已懂事，便将她的身世都一一告诉了她。不料此消息被官府知道，朝廷即刻派人将程小姐作为钦犯解往京城。程忠夫妇痛不欲生，双双撞死。程小姐在被压解进京的途中，幸遇早已修斋学道的庆成公主。庆成公主得知她是程济之女，毅然将她收留在自己的府中。

自从吴成学、牛景先代死后，建文帝和程济脱险来到云南鹤庆山中。他们在这里结了一间茅庵，二人相依为命。转眼十二年过去了，一天，程济下山去化斋，见路旁躺着个乞丐。走近一看，竟是自己的亲家史仲彬。原来史仲彬多年来一直不忘寻找建文帝和程济下落，今天在路上遭了劫，被强盗打昏在地。程济急忙背他来到茅庵与建文帝见面，三人哭作一团。

史仲彬执意留在建文帝身边服侍，以尽忠心。建文帝坚持让他归家，几天后由程济送往山下。

然而，当程济再回到茅庵时，只见庵门大开，庵内一片狼藉，建文帝也不知去向。他急忙走出庵去，往各处山上寻找建文帝的踪迹。原来，陈瑛获悉十多年前张玉所献建文帝、程济的首级俱系假伪，便特选熟识路线的严震直率兵前来清剿。再加建文帝毫无防备，很快便被拿住。

程济追下山去，见一队兵马迎面而来，料定建文帝已被官军所获，现在又来抓自己了。他想，我若贪生怕死，不能挺身向前，一来辜负了大师十几载的千辛万苦，二来也对不起众多弃死捐生的忠臣，今日若是不能保全大师我真乃万死莫赎了。他忽然又记起方相国曾经说过“我为忠臣，君为智士”的话，倘若坐视君亡，还称得上什么智士？想到此，他急急地迎头赶到了押解队伍前面，一眼认出那领兵的是建文帝在位时曾任尚书的严震直，便大喝一声，挡住了严震直的去路。

严震直见是一个道人拦路，便命令队伍停住，看好囚车，问道：“这道人，你为何拦住我的去路，你是何人？”

“我是程济，严尚书难道认不出我了吗？”程济镇定地说。

严震直一惊，认出他果然是十几年前的程翰林。严震直说：“我两次入山，寻你不着，你如今倒送上门来了。”

“程济特来向你贺喜。”程济说。

严震直问：“贺什么喜？”

“朝廷追拿大师已十六载，费了无数兵马钱粮，不料如今被你严老先生俘获。你建了大功，定然要赏千金、封万户侯了。”程济说。

“我身奉御差，幸不辱使命。”严震直说，“我寻你不着，倒也罢了。你今天反来送死，是何道理？我和你有同朝之谊、朋友之情，何忍眼睁睁置兄于死地？”

程济手指囚车问严震直：“这是何人？”

“是建文帝君。”严震直说。

“啊！是建文帝君。严震直、严震直，说什么朋友之情、同朝之谊，难道君臣之义，你倒忘了吗？”

围在四周的人听了程济的话，似有所动。程济继续说：“你历朝四载，职授尚书，食禄千钟。如今你转眼忘恩，反为逆藩尽心竭力。”

“如今奉旨缉拿也不止我一个人。”严震直说。

“严震直、严震直，你这样人面兽心之人，只恐不能流芳百世，定然遗臭万年！”程济高声痛骂一番严震直后，便扑到囚车上，痛哭失声地说：“圣上啊，你上孝高皇，下抚臣民，不幸竟落此下场……”

建文帝在囚车里说：“事已如此，不必说了，只是有负程卿十六年患难相从的美意了。”

囚车内外，泪水流在一起，在场的人无不为眼前的场面感动，连连发出一阵阵唏嘘之声：“可怜，可怜……”

“我好恨也！”程济说。

“你恨什么？”严震直问。

程济指着严震直又骂道：“我恨不能生吃了你这等逆臣的肉。”然后，又跪在囚车前哭道：“圣上啊！我程济不能保全圣上龙体，万死莫赎。今日只得先你而死便了。”说着，一头撞在囚车上，头破血流。

严震直惊呆了，四周的众兵将七嘴八舌地议论起来："这样看起来，我们都是错的了。我们众人哪一个不是建文帝的子民？哪一个不吃建文帝的粮饷？今天倒帮了别人，拿他去断送性命。天理何在？天理何在？这还怎么做人啊……"

严震直见人心大乱，慌忙威胁说："呔！你们这些人，若是违了圣旨，都是要被砍头的！"

"拿我们砍了也罢，剐了也罢，反正我们不能帮人杀我们的恩主。大家各自走散了吧。"众人说着，各自脱衣放枪，纷纷散去了。

程济看着眼前的情景，对严震直说："严震直、严震直，可怜你的良心何在，还不如无知的军卒更明事理。"

严震直羞愧不堪，大汗淋漓，感叹道："唉！罢了，罢了！我严震直一念有错，竟成了骂名万代的不忠不义之人，有何面目见高皇帝于地下。"说着，他下马走到囚车前拜道："吾君恕愚臣罪。"又转身拜程济，"谢程兄忠言匡正，今日我要拼 命以答天皇。"

只见严震直上前打开囚车，放出建文帝，然后抽刀自刎。

程济见严震直已死，便对建文帝说："大师，那些兵马已散，趁此无人，你我快快走吧。"

“如今往哪里去?”建文帝问。

程济不答，拉起他的手便走。正是：

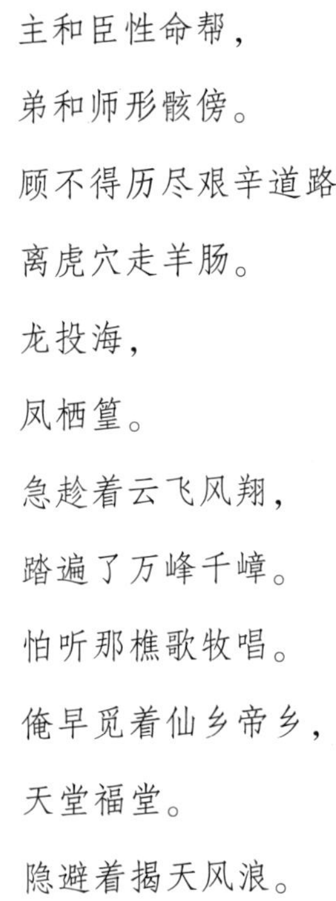

主和臣性命帮，
弟和师形骸傍。
顾不得历尽艰辛道路长，
离虎穴走羊肠。
龙投海，
凤栖篁。
急趁着云飞风翔，
踏遍了万峰千嶂。
怕听那樵歌牧唱。
俺早觅着仙乡帝乡，
天堂福堂。
隐避着揭天风浪。

陈瑛升为兵部尚书后，撺掇皇上杀了无数忠臣。为了杀死史仲彬，消除心中遗患，他诬告严震直之死必是史仲彬所为，将史仲彬及全家抓到北京，极刑拷打，曲笔成招，全家被判斩首。庆成公主入宫面奏皇帝，说此事证据不足，救了史家性命。史仲彬和儿子史晟被发往庄浪卫充军，史妻文氏没入庆成公主府中服役，正好与程小姐婆媳相会。

朱棣巡视边关，驻扎榆木川时，夜里梦见成群的冤死鬼前来索他的命，竟得暴病而死。

洪熙皇帝登基，不到一年即驾崩，于是又立新帝，改年号宣德。

宣德皇帝励精图治。他深感当初皇祖用法太严，便大赦天下。被赦诸臣对陈瑛深恶痛绝，宣德皇帝便传谕刑部将陈瑛问罪，敲牙割舌，诛灭全家。

建文帝逃亡几十载，受尽风波，如今年已衰迈，壮志已灰。一日，他对程济说："程徒，我与你有一言相商。"

"大师有何吩咐？"程济问。

建文帝说："洪熙已亡，宣德又立。事隔两朝，纲法已宽。何况宣德皇帝是我侄儿，谅他不会加害于我。我想入朝自首，你看如何？"

"此事全凭大师主张。"程济说，"只是弟子从游几十载，不能扶助大事，弟子负罪多了！"

程济送建文帝入朝以后，便不知去向。宣德皇帝与建文帝相认后，畅叙叔侄之情分，建文帝被迎入宫中供养。

史仲彬被赦后，朝廷赐程小姐与其子史晟完聚，并择定佳期为他们举行婚礼。结婚的这一天，刚拜过堂，正当琵琶箫管喧闹之际，忽然一个太监持诏书来到。史仲彬忙吩咐排出香案，跪听宣读。诏曰："兹尔原任翰林院侍读史仲彬，恪尽臣规，仍以原官起用。妻文氏封一品诰命夫人。子史晟荫入中书效用，赐婚程氏为妻。程氏父程济，历尽艰危，始终不惑，忘情物外，明哲保身，敕赐道号忠达真人，建院终南山修炼，岁给禄米三百石。”

正在此时，仆人报有一个道人求见。史仲彬想一定是程济，忙说：“一定是程亲翁，快请相见。”

一身道装的程济走进堂来，在场的人无不惊诧。史仲彬认出程济，上前称道：“程亲翁！”

“史亲翁！”程济叫了一声。二人双双跪地，抱头痛哭起来，全场的人都为之伤心落泪。程小姐与程济父女相认，史晟、文氏也都围上前来，两家人成一家人，哭作一团。良久，程济站起身说：“今日天伦聚首，儿女完姻，皆赖君王洪福齐天。”

史仲彬说：“请问亲翁，当今朝廷十分敬你，亲翁为何仍作道装？”

“老亲翁，”程济说，“小弟向来不求利禄，只图辅助君王。今大事不成，君已归朝。小弟恐伤君王之心，还是长住红尘以外为好。今天来此，一则会亲翁以全朋友之谊，二则见小女以完父女之情。我事已毕，就此告辞了。”说罢此言，程济转身出门。程小姐哭喊着追出去。史仲彬说：“亲翁去意已决，儿媳不必悲伤。”

但见程济拂动双袖，状若闲云野鹤，飘摇而去。

艰苦事亲琵琶记

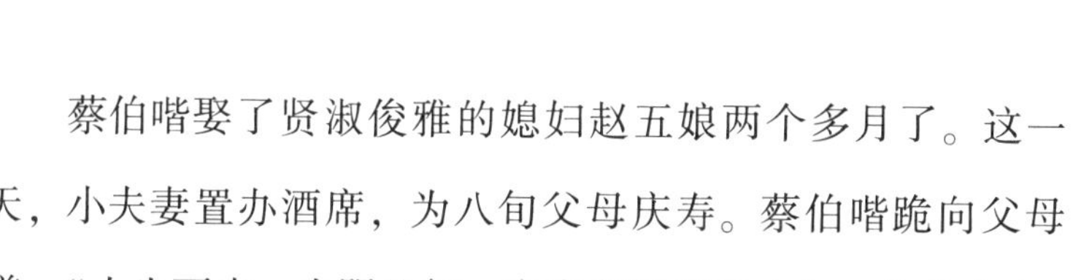

蔡伯喈娶了贤淑俊雅的媳妇赵五娘两个多月了。这一天，小夫妻置办酒席，为八旬父母庆寿。蔡伯喈跪向父母道："人生百岁，光阴几何？幸喜爹妈年满八旬，孩儿高兴。当此青春光景，闲居无事，聊具蔬酒，为爹妈祝寿。"

蔡公、蔡婆听了儿子的一席话，看看孝顺的儿子媳妇，早已心花怒放。蔡公道："孩儿，你今日为我两个庆寿，这是你的孝心，但人生须忠孝两全方为丈夫。今年是大比之年，你该上京取应。倘得一官半职，济世安民，这才是忠孝两全。"

蔡伯喈道："爹妈高年在堂，无人侍奉，孩儿岂敢远离？"

"混话！做人要光前耀后。"蔡公说。

蔡婆一听要让儿子离开家，便不高兴，说："真乐在田园，何必一定要做王侯？老东西，你如今眼花耳聋，你让儿

子走了，倘有些灾病，谁来看顾？”

“你妇人家懂得什么！”蔡公向蔡婆说。

蔡公、蔡婆为儿子的去留发生争执。正在这时，好心的邻居张太公走进蔡家，对蔡公、蔡婆说：“老员外，老安人，近日朝廷贴黄榜招贤，郡中已经把蔡相公的名字报上去了。请相公早办行装。”

“孩儿，”蔡公说，“郡中既然荐你，我儿聪慧，日后如能为官，吾心足矣。”

“只是双亲无人侍奉，虽说为官显贵，但功名怎比孝名高？”蔡伯喈说。

“春闱里纷纷的都是大儒，难道只有没爹娘的才去求试？”蔡公反驳儿子道。

张太公也在旁边劝道：“秀才，男儿汉当立凌云志，你若不去，岂不枉费了十载青灯苦？莫非相公新婚燕尔，恋着被窝中的恩爱？”

“太公，鄙人怎敢？”蔡伯喈赧颜道。

“太公，”蔡婆说，“我儿只是要侍奉我们两把老骨头，哪里是贪欢恋妻？自古道：功名富贵天付与，天若与不求而至。”

“娘言的极是，望爹爹听取。”蔡伯喈说。

“什么？娘说的就是，父说的就为非吗？”蔡公恼怒了，“你敢是恋新婚、逆亲言吗？”

蔡伯喈扑通一下跪地："天啊！孩儿怎敢？"

"畜生！"蔡公愤怒地说，"我教你去赴选，是要你改换门庭，光宗耀祖，你却七推八阻，有这许多话说。"

"爹爹！"蔡伯喈说，"孩儿岂敢推阻，怎奈爹妈年老，无人侍奉，万一有个意外，一来人说孩儿不孝，撇下爹娘去取功名；二来人说爹爹所见不达，仅有一个儿子，还让他远离，因此孩儿不敢从命。"

"你且说如何叫作孝？"蔡公问。

"告爹爹：凡为人子者，冬温夏清，昏定晨省，问衣燠寒，搔其疴痒，出入则扶持之，问所欲则敬进之。所以父母在，不远游；出不易方，复不过时。"蔡伯喈道之如流。

"孩儿，你听我说。"蔡公说，"你说的都是小节，不曾说着大孝。夫孝始于事亲，中于事君，终于立身。身体发肤，受之父母，不敢毁伤，孝之始也。立身行道，扬名后世，以显父母，孝之终也。故，家贫亲老，不为禄仕所以为不孝。你若是做得官时，也显出父母的好处，难道这不是大孝吗？"

"爹爹说得极是。"蔡伯喈说，"但孩儿此去，若是不中，既不能够事亲，又不能够事君。岂不两下耽搁了？"

"秀才所言差矣。"张太公说，"自古道：学成文武艺，货与帝王家。秀才这般才学，如何不中？"

"爹爹，"蔡伯喈说，"孩儿从命，去则不妨，只是爹妈年老，教谁看顾?”

“秀才不必忧虑。”张太公说，“自古道：千钱买邻，八百买舍。老汉既忝在邻居，你但放心前去。若是宅上有些小欠缺，老汉自当应承。”

“如此，多谢公公！凡事仗托周济。”蔡伯喈感激地说。

第二天一早，赵五娘含泪为蔡伯喈打点行装，百般眷恋之语到了嘴边却又说：“官人，云情雨意，虽可抛两月之夫妻，怎敢不念八旬之父母？功名之念一起，甘旨之心顿忘。”

“娘子，”蔡伯喈说，“今日远离，岂不难舍？怎奈堂上力勉，叫我如何是好?”

二人说话间，蔡公、蔡婆及张太公也都来送行了。蔡公问：“孩儿，你行李收拾好了吗?”

“收拾好了。”蔡伯喈说。

“收拾既了，如何不去?”蔡公说。

“孩儿即刻起身，还望爹娘多多保重。”

“膝下娇儿去，堂前老母单。”蔡婆说，“我儿此去，何时再得见面，叫娘如何消遣。”说罢，泪如雨下。

“还望官人频寄音书，免得父母牵挂。”五娘说，“中与不中，千万早早回程。”几句话说得蔡伯喈有泪无语，与家人凄然拜别。

正是：万里关山万里悲，一般心事一般忧。

当朝牛太师，没了夫人，只有一个女儿，今已长成，仪容娇媚，知书识礼，故此说亲保媒者络绎不绝。牛太师黯然神伤：女儿年纪一天大似一天，她母亲不在，当爹的该上心些才是。只是倘她嫁个膏粱子弟，怕坏了她；若能嫁个读书君子，成就她做个贤妇，方才是好。听得女儿多日来都在后花园里闲耍，便吩咐院公将女儿叫上堂来。

当时牛小姐正在花园中与小丫头惜春等荡秋千，听得父亲唤她，跑进堂来，见了父亲，便请安道："爹爹万福！"

"孩儿，"牛太师说，"妇之德，不出闺门，你如今长大了，方才有媒婆来与议亲。今日是我的孩儿，异日做他人的媳妇。我这几日不在家，你整日和惜春等到后花园中闲耍，不习女工，是何道理？倘若做出歹事来，岂不坏了我牛家的名声？"

"谢爹爹教导。"牛小姐恭顺地答道，"孩儿从今日起自将约束，读诗书，习女工。请爹爹放心就是。"

蔡伯喈自从别了父母和五娘，来到京城洛阳，见了眼前的飞絮残花，轻裘肥马，更加惦念起故园家人来。

一举鳌头独占魁，恰似平地一声雷。蔡伯喈状元及第，叩见天颜。皇帝看他好人物、好才学，又得知牛太师女儿待字闺中，便亲与主婚。牛太师谢恩不迭。真乃"佳人才子两堪夸，天付姻缘事不差"。牛太师回府后，就吩咐院公和官媒婆同到蔡状元处说媒。

蔡伯喈自中了状元，时时念起父母妻室，欲上表辞官回家，又不知圣意如何。于是每日枕边万点相思泪，伴漏声到晓方息。今日正愁闷间，忽见一男一女两人走进门来。

“小人是牛太师府里一个院公，这老媳妇是媒婆，我两人奉天子之洪恩，领太师之严命，特与状元谐一佳偶。”

“原来如此。”蔡伯喈说，“你们不必费心。宦海沉浮，京尘迷目，久居京师，非吾之愿。何况俺家有妻室，青春恩爱。”

“相公，”牛府院公说，“老丞相见你这般才学人品，才肯把小姐嫁给你，你不要推辞才是。”

“相公，”老媒婆说，“那牛小姐乃金屋的婵娟，生得十分美貌，你休错过了。”

蔡伯喈说：“她纵然有花容月貌，怎如我自家骨血。”

“相公莫太固执。”牛府院公说，“太师威倾京国，你却与他相别，只怕他转日回天，那便怎好？”

“不必多说。”蔡伯喈说，“你若果奉圣旨来，我明日上表辞官，一并辞婚便了。”

牛太师听说蔡伯喈拒绝这门婚事，并且还要上表辞官，一下子便怒了，说道：“这读书人到底不知深浅，竟违背了圣旨。自古道杀人可恕，情理难容。我的声名，谁不钦敬？

多少贵戚豪家，求为吾婿而不可得。一介书生却颠倒不肯，反要辞官家去。我如今先去奏知宫里，只教不准他上表便了。”

牛小姐在一旁听得此事，劝牛太师说：“爹爹不必动怒，姻缘虽在天定，也要合人意。那相公既不肯，便做了夫妻，到底也不和顺。”

“想我牛某，势压朝班，岂容一个布衣如此无礼？”牛太师说。

蔡伯喈为了早日与父母家人团聚，便连夜写好辞呈。鸡鸣三遍时分，便来到了午门。午门口站着一个小黄门，见蔡伯喈来到，问道：“蔡状元，天时尚早，状元有何急事？”

“自家因为父母在堂，故上表辞官回去侍奉。”蔡伯喈说。

“状元，”小黄门说，“你莫不是嫌议郎官小吧？”

“非是我嫌官小。”蔡伯喈说，“今蒙圣恩，赐我议郎之职，又承蒙赐婚牛氏，我诚惶诚恐。但我父母老鬓发白，我又旁无兄弟，谁侍奉他们？况隔千山万水，生死不知，虽有音书难寄。最可悲，他们甘旨不供，我食禄有愧。”

“圣上做主，太师联姻。状元，这是你的奇遇呀！”小黄门说。

“不告父母，怎能匹配！”蔡伯喈说，“我又听得家乡遭

了水灾，想我双亲做了沟渠之鬼也未可知，怎不叫我悲伤垂泪?”说完，蔡伯喈大哭起来。

“状元，此处不是哭泣之处，切莫惊动天听!”小黄门惊慌地说，“状元原来如此，吾当为状元转达天听。状元可在午门外等候圣旨。”

说完，小黄门拿了蔡伯喈的辞呈进午门去了。这里蔡伯喈乘闲祷告天地一番:“双亲在上，可怜恩深难报。一封奏九重，我和你们会合分离，都在这遭。若得恩准回家侍奉父母，伯喈何须做官!”

小黄门去了多时，终于在两个女官的陪同下从午门走出来。蔡伯喈急忙上前问:“圣上看了如何说?”

“太师昨日先奏，把你招为乘龙快婿。”小黄门说。

“黄门大人，你莫不是哄我?”蔡伯喈说。

“圣旨已到，跪听宣读。”蔡伯喈跪地，小黄门宣读圣旨:“皇帝诏曰:孝道虽大，终于事君;王事多艰，岂遑报父!……尔当恪守乃职，勿用固辞。其所议婚姻事，可曲从师相之请，以成桃夭之化。钦予是命，裕汝乃心。谢恩。”

“黄门大人，烦你与我再去奏知宫里，我情愿不做官。”蔡伯喈说。

“咳，这状元好不晓事，圣旨谁敢违背?”小黄门说。

“黄门大人，你若不去，待我自去拜还圣旨如何?”蔡伯喈说。

“呀，这状元好怪。”小黄门说，“这地方你如何去得！”

蔡伯喈只得回去。

几天之后，牛太师选定吉日，为小姐完婚。丞相府里安排下筵席，只见：屏开金孔雀，褥隐绣芙蓉。兽炉烟袅，莲台绛烛吐春红。广设珊瑚席子，高把珍珠帘卷，环列翠屏风。人间丞相府，天上蕊珠宫。锦遮围，花烂漫，玉玲珑。繁弦脆管，欢声鼎沸画堂中。簇拥金钗十二，座列三千珠履，谈笑尽王公。

喧闹声中，蔡伯喈头戴金花帽，身着天香袍被拥进相府，与牛小姐拜堂。一时间，欢声雷动，热闹非凡。

正当蔡伯喈一举金榜题名、皇帝赐婚之际，他的家乡正遭饥荒。

赵五娘独自侍奉着公婆，官府义仓谷米都已放完，赵五娘将首饰衣物也典卖净尽。不久，蔡家就变得家计萧然，困顿不堪。两位八十多岁的老人都已病倒。赵五娘将仅有的几口淡饭侍奉给公婆，自己背地里强咽一些谷膜米皮。

这一天，五娘将仅有的一把稻谷舂好，又累又饿，便抓些刚簸出的糠秕塞到嘴里，怎奈强咽不下，又都吐出来。泪水扑簌簌下来：

糠啊，

呕得我肝肠痛，

珠泪垂，

喉咙尚兀自牢嗄住。

糠啊！

你遭砻被舂杵，

筛你簸扬你，

吃尽控持。

好似妇家身狼狈，

千辛万苦皆经历。

苦人吃着苦味，

两苦相逢，

可知道欲吞不去。

糠和米，

本是相依倚，

被簸扬作两处飞？

一贱与一贵，

好似奴家与夫婿，

终无见期。

丈夫，

你便是米啊！

米在他方没寻处。

奴家恰便似糠啊，
怎的把糠米救得人饥馁？
好似儿夫出去，
怎的教妇，
供膳得公婆甘旨？

蔡婆见五娘每在公婆吃饭时便回避，便疑她背地里偷吃好茶饭。今日，她拉了蔡公早在暗处偷偷探望，见了五娘正在吃东西，便突然走出来问："媳妇，你在这里吃什么？"

"奴家不曾吃什么。"五娘掩饰着说。

蔡婆要过五娘手中的簸箕，看见里边尽是些糟糠，万没想到媳妇竟这样充饥。知道自己原错怪了媳妇，痛悔不堪，再加是在病中，便一下子晕倒在地，再也没有起来。

奄奄一息的蔡公看着死去的老伴和哭得死去活来的五娘，悔恨自己当初逼儿子上京赶考。

邻居张太公听到五娘的哭声，走过来，周济五娘，买了棺材，将蔡婆安葬在南山。

中秋夜，夜色澄清。

蔡伯喈与牛小姐成婚后，身在相府，心在寒门。他也曾遇一同乡回老家，帮他打探消息，到现在没有回音。牛小姐让丫鬟惜春请蔡伯喈去花园赏月，他几次推托不过，只好来

到花园。牛小姐有些不快，说："相公，今夜中秋，月色可爱。我请你赏玩一番，为何再三推辞？"

"月色有什么好看？"蔡伯喈说。

"你我自结婚之日，相公总是愁眉不展，是何道理？今日当此皓月中天，我二人当高兴才是。"牛小姐说。

"冰轮皎洁，照人几处离别！"蔡伯喈感慨地说。

"奴家久闻相公熟谙音乐，一直不得聆听，今日就请弹奏一曲如何？"牛小姐要求道。

"此事不难，今日就此献丑。"蔡伯喈说。

家僮抬出琴来。蔡伯喈问："弹些什么好？我弹一曲《雉朝飞》如何？"

"这是无妻的曲，不好。"小姐说。

"那便弹一曲《孤鸾寡鹄》。"蔡伯喈说。

"两个夫妻正团圆，说什么孤寡？"小姐有些不快。

"不然弹一曲《昭君怨》如何？"

"两个夫妻正和美，说什么宫怨？相公，当此良宵，弹一曲《风入松》好。"小姐说。

"如此，听我弹来。"蔡伯喈说罢，弹指理弦，琴声幽怨，划破夜空。

"相公，"小姐说，"你弹错了。这哪里是《风入松》，这是《思归引》。"

"呀！"蔡伯喈一惊，说，"待我再弹！"琴声又起。

“你又弹错了。”小姐说。

“呀，我又弹出个《别鹤怨》来。”蔡伯喈说。

“相公，”小姐说，“你的手怎么这样不听使唤？莫非故意卖弄，欺侮奴家？”小姐有些恼怒。

“岂敢？”蔡伯喈说，“只是这弦不中用。”

“这弦怎么不中用？”小姐问。

“俺只习惯弹旧弦，这是新弦，弹不惯。”蔡伯喈答。

“旧弦在哪里？”

“旧弦已经撇下多时了。”

“为什么撇了？”

“只为了这新弦，便撇了那旧弦。”

“相公为何不撇了这新弦，重用旧弦？”

“夫人，我心里岂不想那旧弦。”蔡伯喈说，“只是新弦又撇不下。”

“你新弦既撇不下，还思念那旧弦。我看你是心不在焉，特地有许多话说。”

蔡伯喈心绪烦乱，将琴推向一边，把酒过来，痛饮一杯，失声痛哭。

屋漏更兼连夜雨，船破又遭打头风。蔡婆死后，赵五娘更是狼狈，度日如年。时下蔡公又病危不起，五娘赊得些药，亲口代尝。怎奈蔡公年老体弱，不几日也命归黄泉。赵

五娘于是剪掉秀发，沿街叫卖。因她多日粒米未进，几次跌倒路旁，终于卖得几文钱，又得张太公资助，将蔡公、蔡婆的灵柩搬到山上。只因没钱雇人，也难以再求张太公，便以裙包土，为公婆筑起一座坟墓。

张太公嘱五娘上京寻夫。二亲既已安葬，五娘便改换衣装，扮作道姑模样，抱了琵琶，准备赴京。只是和公婆几年厮守，一时撇舍不下。五娘幼时便习得绘画，就将公婆的模样描成画像，背在身上，一来为路上相亲相傍，二来若遇上小祥忌辰也好为二老烧香奠酒，尽媳妇的一点孝心。

临行时，五娘拜别亲邻张太公。正是：流泪眼观流泪眼，断肠人送断肠人。

蔡伯喈终日愁眉紧锁，常常落泪。牛小姐已猜得几分，几次询问，蔡伯喈都遮瞒过去。

这一天，牛小姐哭着说："相公，你我相伴几年来，形为夫妻，心同路人，不知为妻哪世欠了你的冤债，处处防我。"

蔡伯喈心里内疚，说："自家娶妻两月，别亲数年，朝夕思念。我若将此事说与你，料你肯叫我回去。只怕你的爹爹，若知我有妇在家，如何肯放我回去？"

"原来如此。"小姐含泪说，"相公，我父女虽亲，怎比你我夫妻更知心。况爹爹身为太师，你如此孝顺，风化所关，他不会不顾仁义。相公不必忧虑，待我与爹爹去说明白。”

小姐来到爹爹堂上，将蔡伯喈刚才说过的话细说一遍，并要求道：“孩儿今欲与相公同归故里，共事高堂。”

牛太师一听，大怒道：“呀！我乃紫阁名公，你是香闺艳质，何必顾此糟糠妇？焉能事此田舍翁？他久别双亲，何不寄一封信？你从来娇生惯养，怎能涉万里程途？”

“爹爹身居相位，坐理朝纲，岂可断他人父子之恩，绝他人夫妇之义？”小姐说。

“他既有媳妇在家，你去做什么？”牛太师说，“你对他说，他若在这里，我叫他做个大大的官。你若去了，我没个亲人在旁，爹爹如何舍得你？况且，他是贫贱之家，你怎能服侍他的父母？”

“婚姻事难论高低。”牛小姐说，“爹居相位，怎说出这无理的言语？”

牛太师理屈词穷，恼怒着说：“这妮子无礼，却将言语冲撞我，岂有此理！”说完拂袖而去。

牛小姐两下为难，来说与蔡伯喈道：“相公，如今想来，害了你父母的，是我；误了你夫妻的，是我；让你成为不孝薄幸人的，也是我。我的罪大！我当死于地下，为相公谢罪。小则解你家之萦挂，大则救你的父母，近则成相公孝子之美名，远则可免后世之公议。我死也无憾！”

蔡伯喈感激地说：“夫人，你只知其一，不知其二。古

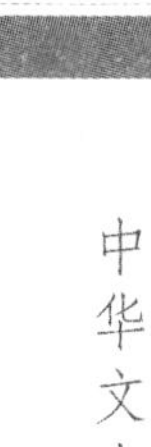

人云：身体发肤，受之父母，不敢毁伤。岂可陷亲于不义？此事决然不可。”

“只是累你一时回去不得，如何是好？”牛小姐说。

“夫人且耐心等待，你爹爹也有回心转意的时节也未可知。”蔡伯喈说。

果然，牛太师那日被女儿顶撞后，细思起来，女儿句句有理。于是他想，若派人把蔡伯喈爹娘和媳妇都接进城里，既免了女儿路途劳苦，又省得自己寂寞，岂不两全其美。牛小姐、蔡伯喈听了牛太师此番想法，自然高兴万分。

赵五娘独自一身，怀抱琵琶，背着二亲画像，登高履险，宿水餐风。只有一件事最让五娘暗自担心：寻见丈夫，相逢如故，倒也不枉了这遭辛苦；倘若他驷马高车，前呼后拥，见奴家这般褴褛，不肯相认，这便如何是好？想到此，更觉山高路远，举步维艰。

这日，她寻夫到了洛阳，正赶上弥陀寺中做佛会。她便决定用一路弹琵琶募得的纹银，置办薄奠，追荐公公婆婆一回。

正当赵五娘刚刚将公婆的画像挂起，准备祭拜时，蔡伯喈带着几个随从来到寺中。一个随从抢先来到赵五娘跟前喝道：“道姑回避！”

赵五娘来不及收拾公婆的画像，慌忙躲开。

蔡伯喈见了画像，便问随从：“哪来的这轴画像？”

“定是刚才道姑遗下的。”随从说。

“叫她转来，还给她去。”蔡伯喈吩咐。随从追出寺院，叫了几声，无人应答，便回来说：“去得远了，叫不应。”

“既叫不应，且与他收下。左右，唤和尚过来。”和尚被叫过来，蔡伯喈说：“和尚，下官为迎取父母来此，不知他们路上是否安好，特来此祈求保佑。”

“原来如此，就请相公上香。”和尚说。

蔡伯喈上香跪拜一番，便被和尚请入寺院里边去了。

躲在隐蔽处的赵五娘，早把蔡伯喈看个清楚。蔡伯喈走后，五娘知道公婆的画像被他们收下，便决定次日到他家里，问取消息。

次日，赵五娘一早便来到牛府门口。牛小姐为了不日到来的公婆能有人服侍，特命院公去府外选两个精细的妇人。院公刚出得门来，五娘便躬身向前道：“府干哥，稽首。”

院公见是一个道姑，问：“道姑何来？”

“远方人氏。”赵五娘答。

“到此何干？”院公问。

“特来府上求口饭吃。”赵五娘说。

院公叫她等候，自己入内去通报小姐。小姐便让引进五娘，见面后问：“道姑来此抄化（募化、求乞），你有何本事？”

五娘答道："贫道不敢夸口，大则琴棋书画，小则针指工夫，次则饮食肴馔，颇谙一二。"

"道姑，"小姐说，"你既然是远方人氏，来历需问详细，方可留你。我且问你，你是从幼出家，还是在嫁出家的？"

"贫道在嫁出家的。"五娘说。

"你既有丈夫，本府难以收留，本府多与你些钱粮，请到别处抄化去吧！"小姐说。

五娘后悔说了真话，索性以实相告，说："小姐，贫道非因抄化来，却是寻取丈夫的。"

"原来如此。"小姐说，"道姑，我且问你，你丈夫姓甚名谁？"

五娘怕直说出丈夫姓名，小姐嗔怪；若不说出，又终难忍，便灵机一动，将蔡伯喈三字拆开来说，看小姐如何反应。便道："夫人，贫道丈夫姓祭名白谐，人人都说他在牛府廊下住，敢是夫人也知道？"

"我哪里知道？"小姐说，"院公，你管各廊房，有姓祭名白谐的吗？"

"小人管所有廊房，并没有这个人。"院公说。

"人人都道我丈夫在贵府廊下住，如今既然没有，莫不是丈夫死了吗？"五娘说罢，哭了起来。

小姐心善，见五娘痛哭，便说："可怜这妇人，你且不必愁烦，权住在府中。我派院公到街上为你打听丈夫，你看如何？”

“若是如此，夫人对我有再造之恩。”赵五娘说。

“只是你在我府中，不可如此打扮，我与你换了这身装束。”小姐说。

“贫道不敢换。”五娘说。

“为何不敢换？”小姐说。

“贫道有十二年大孝在身，所以不敢换。”五娘说。

“奇怪。”小姐不解地说，“大孝不过三年，如何有十二年？”

“贫道公公死了三年，婆婆死了三年。薄幸儿夫，久留都下，一竟不还，替他带六年，共成十二年。”

“呀！有这等行孝的妇人。”小姐深为五娘的孝心打动，执意要五娘将几年苦难讲与她听。五娘便将自己与蔡家的苦难述说一遍，直说得小姐珠泪如麻。五娘问：“夫人，你为何这般悲痛？”

“道姑，我丈夫也久别双亲，未尽孝道。”小姐问。

“他有妻子吗？”五娘故意问。

“他虽有妻室，怕也不似你这样看承公婆。”小姐说。

“如今他爹妈在哪里？”五娘又故意问。

“在天涯。”小姐说。

“夫人，”五娘说，“何不取他父母妻室同来一处？”

“已派人去请，目前正在途中。”小姐说。

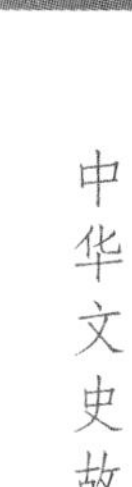

五娘见小姐通情达理，便试探着说：“他那里既有妻室，来居一处怕不相和。”

小姐说：“道姑，倘她能如你这般贤淑俊雅，我情愿她居上我居下。”

“夫人，”五娘说，“若想见蔡伯喈妻室糟糠，奴家便是。”

牛小姐问：“你果然是她吗？”

“夫人，”五娘说，“奴家岂敢诳骗？”

“如此姐姐请坐，受奴家一拜。”小姐恭敬地与五娘见礼，互诉衷肠。

“相公往常退朝，便入书房看文章。”牛小姐说，“待他回来，你我同去见他如何？”

“就依妹妹。”五娘说。

蔡伯喈近来疏于看书，他深感诗书误人，所以今日退到书房，见了案上的《尚书》《春秋》之类便无心绪，就转身看些山水古画解闷。他一眼看见墙壁上的画像，知道是昨日烧香时拾得的。奇怪，此时为何挂在这里？

原来牛小姐为安排五娘与蔡伯喈见面，让五娘在公婆画像背后题几句诗，然后将它挂在蔡伯喈的书房。

蔡伯喈看出画像上的双亲模样，不禁心跳加速。待寻找题识将画像翻转过来，见了背面的诗行句句说着自己，料定其中必有蹊跷，就大声喊道：“夫人在哪里？”

牛小姐应声走进书房，蔡伯喈怒冲冲地问道："夫人，什么人到过我的书房，这画像与诗又是怎么回事？"

"相公息怒。"牛小姐劝道，随后便将蔡伯喈离家后五娘的一切所为讲给他听，最后说道："倘五娘上京寻相公到此，褴褛丑恶，你肯认下她吗？"

"纵是辱没杀我，终是我的妻室。五娘现在哪里？"蔡伯喈急切地问。

"姐姐快来。"牛小姐向等候在书房外的赵五娘叫道。

赵五娘泪眼模糊，出现在书房门口。蔡伯喈趋步上前，五娘昏倒，牛小姐与蔡伯喈联手将她扶起。

牛太师得知全部消息，异常感动，亲自来到蔡伯喈处，见了五娘，不住地说："贤哉，贤哉！"

"孩儿有一事，禀告爹爹知道。"牛小姐说，"孔子云：'生事之以礼，死葬之以礼，祭之以礼。'五娘姐姐蔡氏之妇，生能竭奉之力，死能备棺椁之礼，葬能尽封树之劳。孩儿亦为蔡氏妇，生不能供甘旨，死不能尽躄踊，葬不能事窀穸，以此思之，何以为人？实有愧于姐姐。今特请丁爹爹之前，愿居于姐姐之下。"

"贤哉女儿，说得是，说得是！"牛太师高兴地说，"五娘子，你今日既无父母，便是我的女儿一般。你两个只做姐妹相呼便了。"

蔡伯喈走上前来，跪请道："愚婿今日拜辞岳丈，领二妻同归故里，共行孝道。待服满之后，再来侍奉尊颜。"

"贤哉，贤哉！"牛太师说，"贤婿，你荣华不忘其亲；五娘子孝敬公婆；我小姐又能成人之美。一门孝义如此。我如今去朝廷上表，奏蔡氏一门孝道，请行旌表。"

蔡伯喈带了二妻来到蔡公、蔡婆的坟前，滴泪拜了双亲。又派人去请来张太公，说："父母生死，皆蒙太公周济。"

"说哪里话！"张太公说，"蔡相公，你腰金衣紫，荣归故里，光耀祖宗。令尊、令堂生前不能享你禄养，死后也得沾你的恩典。老夫与相公今日能够相见也是福幸。"

忽然，一阵喧哗声由远而近。原来是牛太师亲传诏书。当地县官特来铺设了香案，迎接皇恩。

牛太师整冠持笏，高声道："圣旨已到，跪听宣读。"

蔡伯喈、赵五娘、牛小姐及所有在场者，齐刷刷跪地听宣。

蔡伯喈授中郎将，妻赵五娘封为陈留郡夫人，牛氏封为河南郡夫人。

（改写自高明《琵琶记》）

感天动地窦娥冤

长安京兆（今陕西西安市东）人窦天章，自幼饱读诗书，只是时运不佳，功名未就。他四年前死了媳妇，只有一个叫端云的女儿，年仅七岁，长得伶俐可爱。父女俩一贫如洗，流落到了楚州（今江苏淮安）。

楚州有个蔡婆婆，丈夫早逝，只有一子，今年八岁了。蔡家颇有些钱财，靠放高利贷生活。窦天章曾因穷困，向蔡婆婆借了二十两银子，连本带利应还她四十两。蔡婆婆几次上门讨债，窦天章都因手头拮据没能还上。不料蔡婆婆看上了他的女儿端云，想娶她过来做自己家的童养媳。

恰巧今年殿试开考，窦天章正待上朝取应，以获取功名，却又苦于没有盘缠，百般无奈，只得将女儿送与蔡家做童养媳。于是选了黄道吉日，约好将女儿送往蔡家。一路行来，窦天章心中好不难受：这哪里是做媳妇，分明是卖给了蔡家一般。但只要蔡婆婆不再逼问那四十两银子，还能再得

到些应举的费用，便也是不幸中的万幸了。

蔡婆婆见他父女到来，欣喜地将他们迎进家门，说："老身已等候你们多时了。"

窦天章说："小生今日将端云送来，不敢说是做媳妇，只给婆婆做个丫头使用，早晚侍候您老人家。小生眼下就要上京进取功名，留下小女在此，只求婆婆严加管束。"

"如此说来，你我就是亲家了。"蔡婆婆说，"你连本带利共欠我四十两银子，这是借钱的字据，还给你，再送你十两银子做上京的盘缠。亲家莫要嫌少……"

窦天章接了字据和银子，感激不尽。他说："先前借的银子都不要我还了，今日又送我盘缠。此恩异日必当重报。今后小女儿必有不周之处，还请您看在小生的薄面上，多加担待些。"

"亲家，这些不用你嘱咐。"蔡婆婆说，"令爱到了我家，就是我的亲女儿一般，你只管放心地去就是了。"

"婆婆，端云孩儿该打的时候，看在小生面上您骂她几句；该骂的时候，您就数落她几句。"

窦天章心里好不是滋味，只因自己潦倒才使女儿落此地步。今日远去，归期难定，万一有个三长两短，怎对得起她死去的母亲。想到这里，他对女儿说："儿，这里不比自家。在家里，亲爹将就着你；在这里，若是贪玩任性，是要吃苦头的。儿啊，你爹我也是出于无奈……"他哽咽难语，与女儿挥泪告别而去。

端云到了蔡家后，改名窦娥。十七岁时与蔡婆婆的儿子成了亲。谁料两年后丈夫却害病死了。于是，婆媳二人搬到了山阳县（今江苏淮安）居住。

这山阳县南门外有个开药店的，店主叫赛卢医，常用药坑人骗钱，生意自然不好。赛卢医曾借了蔡婆婆十两银子，连本带利该还二十两。蔡婆婆数次来讨，他都没还上。这天，蔡婆婆又来他家里索要。赛卢医推说家里没钱，要蔡婆婆跟他到乡下去取。两人行至僻静处，赛卢医见四下无人，便用随身携带的绳子，死死勒住蔡婆婆的脖子……正在这时，突然冲出一老一少两个男人。赛卢医见有人来，慌忙逃走。

这是张驴儿父子俩，是本地地痞。张老见救下的是一老婆子，便问她是哪里人，姓甚名谁，因何事遭此险情。蔡婆婆见救命恩人问，便一五一十从实说来："老身姓蔡，在城里居住，家中还有一个寡妇儿媳。因赛卢医欠我二十两银子，今日我向他讨要，不想他将我骗到这荒野外，对我下此黑手。多亏二位恩人相救，老身不知如何报答才是。"

听了蔡婆婆的话，张驴儿将他爹拉到一旁，说："你听见了没有，她家还有个媳妇。咱救了她的命，她少不了要谢咱。不如你娶了这婆子，我娶了她媳妇，岂不两全其美？你和她说说去。”

张老走到蔡婆婆跟前说：“你没有丈夫，我没有老婆。今天我救了你的命，你就招我做你的接脚丈夫（寡妇招的后夫）如何？”

蔡婆婆闻听此言说：“这是什么话！待我回家去多取些银子谢你们就是了。”

蔡婆婆正要起身，张驴儿挡住去路，手持刚才勒她的那条绳子，凶相毕露地说：“看看，这是赛卢医的绳子。你随了我老子，我娶了你的媳妇，正好天对地对。如若不然，我仍旧用这条绳子勒死你这老东西。”蔡婆婆被吓得魂飞魄散，只得将张驴儿父子带回家中。

再说窦娥，孤苦伶仃为丈夫守节，整日自叹命苦。她想问这黄昏与白昼，旧愁新恨几时能休。正寻思间，见婆婆回来，一阵欣喜，问道：“婆婆回来了，你吃饭了不曾？”只见蔡婆婆泪流满面不住地啼哭。窦娥好生奇怪，忙问：“婆婆，你为何烦恼啼哭，莫不是为了索债与人家发生了争斗？”

蔡婆婆欲言又止，含着泪将赛卢医要将她勒死，张驴儿父子又如何相救，原原本本说与窦娥。“只因他父子救得我性命，那张老要我招他做接脚丈夫……”

不等蔡婆婆说完，窦娥便止住她说：“这个怕使不得，咱家并不少吃穿，又不欠人家债钱，况且你年纪六十以外，岂宜再招丈夫？”

蔡婆婆委屈地说："儿啊，我也是这样想法。只是我这老命全亏他父子相救才保全下来，我曾想多出些钱物酬谢他们的救命之恩，谁料他父子要强配我婆媳。若是不依他，依旧来勒死我。莫说我，连你也许了那张驴儿了。"

听罢蔡婆婆的话，窦娥气恼万分，说："想我窦娥来到你家，替你分忧，为你解愁。不想你已满头白发，却做得如此荒诞不经之事。想当初公公为你留下田产，寒暑衣裘，指望你守寡，却不想你将旧日恩爱一笔勾销。婆婆啊，你真不怕别人笑破口！"

蔡婆婆羞愧不迭："儿啊，再不要说我，他父子就在门口等候。事到如今，不如你也招了女婿吧！"

正说话间，张驴儿父子闯进门来。那张驴儿觍着脸对窦娥说："你看我爷俩这等人才，与你婆媳配成鸳鸯，岂不是天缘？你不要错过了这好机会。你与我早些拜堂吧。"说着便要拉窦娥。窦娥愤然甩开张驴儿道："你且靠后站，瞎了你的狗眼。窦娥生来不嫁二夫，宁死也不会遂了你的愿。"说完愤然离去。蔡婆婆急忙上前打圆场道："你老人家息怒，我那媳妇气性大、不好惹，待我慢慢劝化她便是。"

且说那赛卢医，自从那日谋害蔡婆婆被张驴儿父子冲散，心中一直惴惴不安，时下正打算远离此地。一来可以躲过蔡家的账，二来也怕张驴儿父子告到官府，不如早些离开，另谋生计为妙。这时，张驴儿来到了他的药店讨药。

“您讨什么药?”赛卢医问。

张驴儿说:“我讨服毒药。”

“你小子好大胆，青天白日竟敢讨毒药。敢是干什么坏事不成?”

张驴儿上前一把揪住赛卢医说:“还认识我吗?前几天在荒村野外谋杀蔡婆婆的可是你?走!跟我去见官。”

赛卢医慌忙答应:“大哥，放了我吧!你讨什么药我这里都有。”

张驴儿放了手，赛卢医取毒药来给了他。张驴儿说道:“既然有了药，且饶了你。”说完，拿了药走了。

张驴儿走后，赛卢医害怕起来，不想他就是那救蔡婆婆的人。今日买得毒药，定无好事，倘有差错必会牵连于我。三十六计走为上，便收拾了细软行李，打个包儿，到涿州卖老鼠药去了。

自从张驴儿父子进了蔡家，蔡婆婆好酒好饭伺候他父子。张驴儿为了霸占窦娥，总觉得蔡婆婆碍手碍脚。近些时蔡婆婆正害病。这一天，张驴儿父子去问候蔡婆婆的病。

“我今天身子好难受啊。”蔡婆婆呻吟着说。

张老问:“您老想些什么东西吃吗?”

“我想吃些羊肚儿汤。”蔡婆婆说。

张驴儿听了蔡婆婆的话，便向窦娥吩咐:“窦娥，婆婆想吃些羊肚儿汤。快做些来。”

从婆婆留下张家父子在家住下以来，窦娥便没有一天好心绪。她从心里责怪那毫无骨气的婆婆，非亲非故的一家合住，连带自己也不清不楚，心里不禁骂道：这妇人心如此难保，可见“江山易改，禀性难移”也是骗人的鬼话。听见婆婆要吃羊肚儿汤，急忙做好端来。“婆婆，羊肚儿汤做成了，您吃些吧！”

张驴儿见窦娥端来汤，抢上前接过汤碗，假意尝了一口，说：“汤里缺少点盐醋，你去取来。”趁窦娥去取盐醋的空隙，张驴儿迅速将买来的毒药下在汤碗里，又加了些窦娥取来的盐醋，让张老端去请蔡婆婆吃。

那蔡婆婆接过汤碗，忽然一阵恶心，呕吐起来，说道：“这汤我吃不下，你老人家吃吧。”

“这是特意为你准备的。”张老谦让着说。

“我实在吃不下，你老人家就请吃些吧。”两位老人互相谦让，张老只得吃了几口。

窦娥在一旁看着两位老人如此亲昵，着实为婆婆感到羞愧。

那张老吃了汤后不久，便倒地死了。张驴儿闻声赶来，见父亲倒地而死，顿时露出凶相，对窦娥说：“好啊，你把我老子药死了。”

蔡婆婆也惊慌地问窦娥：“儿啊，这是怎么回事？”

窦娥怒斥张驴儿说：“我哪里来的毒药？分明是你让我

取盐醋时，放了毒药在汤里，药死亲爹，倒要栽赃于我？”

张驴儿说：“说我做儿子的药死亲爹，任什么人也不会相信的。”然后又放开嗓子叫道：“四邻八舍听着，窦娥药死我老子啦……”

蔡婆婆被吓得浑身发抖，忙向张驴儿乞求说：“快别大声张扬，吓死我了。”

见蔡婆婆如此害怕，张驴儿说：“你是怕了吗？”

“可怕哩。”蔡婆婆说。

“你要讨饶吗？”张驴儿问。

“请你饶恕了她吧！”蔡婆婆哀求道。

“你让窦娥随顺了我，叫我三声亲亲热热的丈夫，我便饶了她。”

蔡婆婆转向窦娥，劝她说：“你就随顺了他吧！”

窦娥正色道：“一马难鞴（鞴，把鞍辔等套在马身上）二鞍，一女难配二夫。想我窦娥嫁了蔡家夫君，两年恩爱，却叫我改嫁别人，万万做不得。”

张驴儿进一步逼问窦娥说：“你药死了俺老子，你要官休还是要私休？”

“官休怎样，私休又怎样？”窦娥问。

“你要官休，拖你到官司，把你三推六问。你这样瘦弱身子，不怕你不招认。”张驴儿说。

“如何是私休？”窦娥问。

“要私休嘛。”张驴儿说，“你早点给我做了老婆，一切就便宜了你。”

窦娥凛然说道：“我不曾药死你老子，情愿和你去见官。”

张驴儿遂拖了窦娥及蔡婆婆到了衙门。大堂上坐着楚州太守桃杌。凡来告状的，只要肯出钱，官司包讼包赢，故上门告状的人便是他的衣食父母。今早升堂，见是一男二女，便问：“哪个是原告，哪个是被告，从实招来。”

“小人是原告张驴儿，告这小媳妇，她叫窦娥，她将毒药下在羊肚儿汤里，药死了俺的老子。这老人是蔡婆婆，我的后母。望大人为小人做主。”

“是哪一个下的毒药？”桃杌太守问道。

“不干小妇人的事。”窦娥说。

“也不干我的事。”张驴儿、蔡婆婆也说。

“奇怪，”桃杌道，“这个不是，那个也不是。都不是，那么是我下的毒药啦？”

窦娥慷慨陈词：“我婆婆也不是他后母。他姓张，我家姓蔡。我婆婆因向赛卢医索债，被赛卢医骗到郊外，差点被勒死，遇得他父子两人救了性命，因此，我婆婆收留他父子两人在家养着，以报他们的恩德。谁知他父子两个倒起不良之心，强逼我婆媳与他父子配成夫妻。小妇人原是有丈夫

的，服丧未满，坚执不从。适逢我婆婆患病，让小妇人做些羊肚儿汤吃。不知张驴儿哪里讨得毒药在身，接过汤来，就说少了些盐醋，支开小妇人，暗地放进毒药。也是天幸，我婆婆忽然呕吐，不要汤吃，让与他老子吃。他老子才吃了几口便死了。小妇人与此毫无牵涉。只望大人高悬明镜，替小妇人做主。”

“大人，”张驴儿说，“她自姓蔡，我姓张，她婆婆不招俺父亲做接脚丈夫，她养我父子俩在家做什么？这媳妇年纪虽小，却是个赖骨顽皮，不怕打的。”

桃杌听后说：“说得极是。人是贱虫，不打不招。来人，与我选大棍子打来。”

可怜窦娥，不容分说，便横遭无情棍棒，千般拷打，万种凌逼，直打得窦娥才苏醒又昏迷。一杖下去，一道血一层皮。

“你招不招？”桃杌问。

“着实不是小妇人下的毒药。”窦娥咬紧牙关说。

“既然不是你，给我打那婆子。”桃杌喝令左右道。

窦娥一听此言，忙说：“且住手，莫要打我婆婆，我情愿招了吧。是我药死公公来。”

桃杌说：“既然招了，要她画了供状，将枷来枷上，下在死囚牢里，来日判个斩字，押赴市曹典刑。”

这一天，身戴刑具的窦娥在凶神恶煞的刽子手及监斩官的押解下，向刑场走去。她仰望朗朗苍穹，忆起自己孝顺多年竟遭如此下场，从心底爆发出呼天抢地的怒号：

有日月朝暮悬，
有鬼神掌着生死权。
天地也，
只合把清浊分辨，
可怎生糊涂了盗跖、颜渊：
为善的受贫穷更命短，
造恶的享富贵又寿延。
天地也，
做得个怕硬欺软，
却原来也这般顺水推船。
地也，
你不分好歹何为地。
天也，
你错勘贤愚枉做天！
哎，
只落得两泪涟涟。

“快走！”刽子手在旁一个劲地催道。

“哥哥们，”窦娥向刽子手央求道，“你我从后街里走吧！”

“如今到法场上，你可有什么亲眷要见上一面？”刽子手问。

“可怜我只是孤身一人无亲眷。”窦娥答道。

“难道说你连爹妈都没有吗？”

“只有个爹爹，十三年前上朝取应去了，至今杳无音信。”

“刚才要你我绕到后街里去，是何道理？”刽子手问。

“只怕是从前街里走被我婆婆发现，使她老人家心里难过。俺婆婆年迈体弱，经不起这等场面。”

正在此时，蔡婆婆踉跄赶来，边哭边喊：“这不是我的媳妇窦娥吗，儿啊……”

“婆婆！”窦娥见是婆婆来了，便不顾一切地向她扑去。

“婆子休要靠近。”刽子手阻止蔡婆婆说。

窦娥向刽子手们乞求：“哥哥们，既是俺婆婆来了，就让我们说几句话吧！”

刽子手放蔡婆婆过来，婆媳二人便抱头痛哭。“婆婆。”窦娥哭诉说，“是那张驴儿把毒药放在羊肚儿汤里，他实指望药死了你，再霸占我为妻。不想婆婆让与他老子吃，倒把他老子药死了。我怕连累婆婆，屈招了药死公公，今日就赴法场典刑。……婆婆，今后遇着冬时年节，看在窦娥少爹无娘的面上，初一十五，有泼不掉的浆水剩饭倒半碗给我吃，有烧不了的纸钱为我烧几张……”

“孩子，这些老身都记在心上。天啊，都是我害了你呀。”蔡婆婆泣不成声。

刽子手呵斥说：“时辰到了，婆子靠后！”

行刑时，窦娥双膝跪地，刽子手为她开了枷。窦娥对监斩官说：“窦娥告监斩大人，有一事肯依我，窦娥死而无怨。”

监斩官说：“你有什么事？说吧。”

“要一领净席，容我窦娥站立。再要丈二白练一条，挂在旗杆上。若是我窦娥委实冤枉，刀过处头落地，一腔热血无半点落到地上，都飞到白练上去。”

“这没什么要紧，就依了你。”监斩官说。他吩咐刽子手取一领净席来，窦娥站在上面。又取白练一条挂在旗杆上。监斩官说：“你还有什么话说？”

窦娥说：“监斩大人，眼下是三伏天道，若是窦娥委实冤枉，身死之后，天必降三尺瑞雪，遮掩了窦娥的尸首。”

“这等三伏天，你便是冲天的怨气，也招不来一片雪花，岂不是胡说！”监斩官道。

“你道暑气炎炎不是下雪天，却不知皇天也肯从人愿，六月降雪裹了我这冤死的尸骸。我窦娥死得委实冤枉，从今以后，这楚州地界定要大旱三年。”

“住嘴！”监斩官道，“岂能容你这般胡说。”

说话间，浮云蔽日，阴风骤起，监斩官奇怪：“怎么这么一会儿天色就阴沉起来了？好冷的风啊！”

“这是浮云为我阴，悲风为我旋。三桩誓愿天可鉴！婆婆啊，直等雪飞六月天，抗旱三年，那时才把个屈死的窦娥冤魂显！”

窦娥昂首对苍天。监斩官喝令开刀，刀起处窦娥倒地。霎时，大雪纷纷落下。窦娥的满腔热血俱飞到悬空的白练上，并无半点落地。

监斩官心想：想来这死罪必有冤枉，前两桩誓愿应验了，不知大旱三年能否应验。随后，吩咐左右，抬了窦娥的尸首还给蔡婆婆去。

再说窦天章，自从离了女儿上京，一举及第，官拜参知政事（参知政事，相当于宰相助理的官）。因他廉洁清正，圣上又加封他为两淮提刑肃政廉访使（提刑肃政廉访使，掌管纠察各“道”官吏的政绩和刑狱的官）。随处审囚刷卷（刷卷，旧时官吏查看文书），体察滥官污吏。只可悲十六年前小女端云送给蔡家做了儿媳，至今杳无音信。他得官后也曾使人往楚州探问蔡婆婆家，邻居街坊都不知搬到哪里去了。因日夜想念女儿，忧愁得须发皆白。

这日，他来到了淮安地面，不知为何这楚州三年不下雨，心中甚是纳罕，于是便吩咐手下人张千说：“通报那州中大小官属，今日免参，明日早见。并告六房吏典（六房吏典，封建衙门里一般分设吏、户、礼、兵、刑、工六部，统称六房，各房置吏员分管其事。这里指各房的吏员），但有该看的文卷都拿来。张千，你们都辛苦了，自去歇息吧，我唤你便来，不唤你休来。”

张千为窦天章送上文卷，点上灯，自去歇了。

窦天章独自在灯下看起文卷来。当他翻开文卷，头一宗便写着“一起犯人窦娥，将毒药致死公公”云云。他心中奇怪，才看头一宗，就与老夫同姓。这药死公公的罪名，十恶不赦。与俺同姓之人，也有不畏法度的。他再看这是一宗已审讯结案的文书，觉得不看也罢，于是将它压在底下，另看一宗。因他年纪大了，再加上鞍马劳困，一阵昏沉，便伏在书案上蒙胧入睡。睡梦中，只见窦娥一边大声叫着“爹爹”，一边朝自己跑来。“端云儿，你从哪里来？”一语未完，猛然醒来。

窦天章好生奇怪，才合眼，端云儿便似来到跟前。于是，他拿过文卷再看起来。

窦娥冤魂走到他的书案边摇动灯盏。窦天章更加诧异：“岂有此理！我正在看文卷，这灯怎么忽明忽灭？”于是便自己去剔灯。当他回到书案前再一看文卷，又是“一起犯人窦娥，将毒药致死公公”。他不禁惊叫起来：“莫非楚州后厅里有鬼吗？便是无鬼，这桩事必有冤枉。”他再将这宗文卷压在底下，灯又灭，他去剔灯。这时，窦娥冤魂出现了，窦天章见状拔剑刺去，一剑刺在桌上。

窦娥冤魂上前打拱：“且受你孩儿窦娥一拜。”

“敢是你认错了人。”窦天章惊魂未定，“我的女儿叫端云，七岁给了蔡婆婆为儿媳。你叫窦娥，名字差了。”

“爹爹，你将我给了蔡婆婆家，我改名叫窦娥了。”窦娥冤魂说。

“你便是端云孩儿。我不问你别的，这药死公公的，是你不是？”窦天章问。

“是你孩儿。”窦娥冤魂回答。

“且住，你这小妮子，老夫为你啼哭得眼也花了，头发也白了。你怎的犯了这十恶大罪？我今日官居台省（台省，元朝中央部门御史台和中书省的简称。窦天章的提刑肃政廉访使官职属于御史台部门，而参知政事官职属于中书省，身兼二职），职掌刑名。你是我亲生女儿，老夫将你治不得，怎治他人？你辱没祖宗世德，又连累我的清名……”

窦娥冤魂道：“爹爹，且停嗔息怒，暂罢虎狼之威，听你女儿慢慢说一遍来。”于是，窦娥冤魂便从头至尾，细吐真情，直说得窦天章涕泪俱下，悲痛欲绝。当说到三桩誓愿一一应验时，窦天章说道：“哎，我屈死的儿啊，实实地痛杀我也！我且问你，这楚州三年不下雨，可真是为了你吗？”

“正是为你孩儿！”窦娥冤魂说。

窦天章道："有这样的事，到来日我与你做主便是。"窦娥冤魂倏然而去。

次日天明，窦天章升堂坐衙。张千报："州官见。"

州官走进厅来参见窦天章。窦天章问道："你这楚州一郡，三年不下雨，是为了何来？"州官说："这个是天道大旱，楚州百姓之灾。"窦天章怒道："你们不知罪吗？这山阳县有用毒药药死公公的犯妇窦娥，斩首时曾发愿道：'若是果有冤枉，使你楚州三年不下雨，寸草不生。'可有这件事吗？"

州官说："这罪是前任桃杌州守问成的，这里有文卷。"

"亏你这等糊涂的官，还能升上来。"窦天章说，"你是继他任的，三年之中，可曾祭过冤妇吗？"

"不曾。"州官答，"此犯系十恶大罪，原不曾有祠，所以不曾祭得。"

窦天章说："你可知道昔日汉朝有一孝妇守寡，她婆婆自缢身死，孝妇被诬杀。只为一妇含冤，于是东海一带，三年枯旱不雨。后来于公替她雪冤，亲祭孝妇之墓，天才又下雨。今日你楚州大旱，岂不正与此事相类？张千，拘张驴儿、赛卢医、蔡婆婆一起人犯火速解来听审，不可违误片刻。"

张千应道："是！"

不日，解差将张驴儿、蔡婆婆押到。

窦天章问："赛卢医是要紧人犯，怎么不到？"

解差说："赛卢医三年前在逃，正在四处缉拿。"

窦天章问："张驴儿，那蔡婆婆是你的后母吗？"张驴儿说："母亲岂是冒认的？当然是。"

"这药死你父亲的毒药，卷上不见有合药的人，是哪个合的毒药？"窦天章问。

"是窦娥自己合就的毒药。"张驴儿说。

"这毒药必是从一个卖药的药店得来。想窦娥是一个少年寡妇，哪里讨这药来？张驴儿，敢是你合的毒药吗？"

"若是小人合的毒药，不药别人，倒药死自家老子？"

窦天章听罢此言，沉思不语。

说话间，窦娥冤魂来到张驴儿面前，怒斥道："张驴儿，这药不是你合的，是哪个合的？"

张驴儿见了窦娥冤魂，吓得魂飞天外，慌张喊："有鬼！有鬼……"

"张驴儿，"窦娥冤魂愤怒道，"你当日下毒药在羊肚儿汤里，本意药死俺婆婆，再逼我做你的媳妇。不想俺婆婆不吃，让与你父亲吃，你父亲被药死了。你今日还敢抵赖！"说着愤怒地向张驴儿打去。张驴儿慌忙地躲闪着："有鬼！有鬼……大人说这毒药必是从卖药的药店得来，若寻得这卖药的人来，和小人对质，小人死也无词。"

这时，解差押着赛卢医走进堂来，报道："山阳县续解到犯人一名，赛卢医。”赛卢医跪地叩见窦天章。

“赛卢医，”窦天章问，“你三年前要勒死蔡婆婆，赖她银子，可有此事？”

赛卢医道：“大人，小的要赖蔡婆婆的银子是有的，可她被两个汉子救了，那婆婆不曾死。”

“这两个汉子你记得他们叫作什么名姓？”窦天章问。

“小的认便认得，慌忙之际，却不曾问他们的名姓。”

“现有一个在阶下，你去认来。”

赛卢医到阶下认出蔡婆婆，回来禀告：“这个是蔡婆婆。”然后指着张驴儿道：“大人，当日我要勒死蔡婆婆时，正遇见他爷俩救了那婆婆去。过了几日，他到小人店中讨服毒药。小人是念佛吃斋人，不敢做昧心事，说店中只有官料药（官方允许卖的药），他就威胁小人一同去见官。小人一生最怕的就是见官，只得将一服毒药给了他。”

“带那蔡婆婆前来。”窦天章吩咐道。

蔡婆婆走上前，窦天章说：“我看你六十以外的年纪了，家中又不穷，为何又嫁张老？”

蔡婆婆说：“老妇人因为他爷俩救了性命，收留他们在家养着。那张驴儿常说要将他老子招进蔡家，老妇人并不曾许他。”

“如此说来，”窦天章道，“你那媳妇就不该认作药死公公了？”

“只因当时问官要打老妇人，媳妇怕我年老受刑不起，因此认作药死公公，委实是屈招啊!”说着，蔡婆婆泣不成声。

窦娥冤魂又出现，骂道：

呀，
这儿的是衙门从古向南开，
就中无个不冤哉。
痛杀我娇姿弱体闭泉台，
早三年以外，
则落的悠悠流恨似长淮。

窦天章说：“端云儿，你这冤枉我已尽知，你且回去。待我将这一起人犯，和原问官吏，另行定罪。”

“爹爹，俺婆婆年迈体弱，无人侍养，你可收恤家中，替你孩儿尽养生送死之礼，我于九泉之下也就瞑目了。再将那文卷舒开，把我窦娥屈死的罪名改。”窦娥冤魂说。

窦天章走近蔡婆婆说：“你可认识我吗?”

“老妇人眼花了，不认得。”蔡婆婆说。

窦天章对蔡婆婆说：“我便是窦天章，适才的鬼魂是我屈死的女儿端云。”说完他回到案边正色道：“本官判决：张驴儿毒杀亲父，奸占寡妇，十恶不赦，押赴市曹中，钉上木驴，剐一百二十刀处死。前任州守桃杌，和该房典吏，刑名违错，各杖一百，永不叙用。赛卢医欠银赖账，意图勒死债主，售卖毒药，致伤人命，发配烟瘴地面，永远充军。蔡婆婆我家收养。窦娥罪改正明白。”

窦娥的冤魂见冤情已解，罪名已改，遂拜别窦天章，化作清风而去……

（改写自关汉卿《感天动地窦娥冤》）

破幽梦孤雁汉宫秋

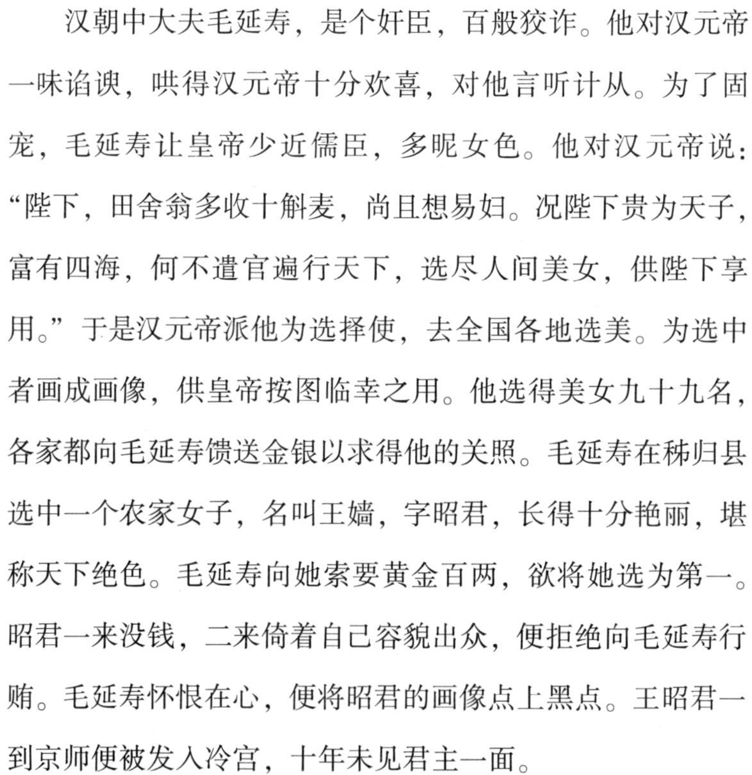

汉朝中大夫毛延寿，是个奸臣，百般狡诈。他对汉元帝一味谄谀，哄得汉元帝十分欢喜，对他言听计从。为了固宠，毛延寿让皇帝少近儒臣，多昵女色。他对汉元帝说："陛下，田舍翁多收十斛麦，尚且想易妇。况陛下贵为天子，富有四海，何不遣官遍行天下，选尽人间美女，供陛下享用。"于是汉元帝派他为选择使，去全国各地选美。为选中者画成画像，供皇帝按图临幸之用。他选得美女九十九名，各家都向毛延寿馈送金银以求得他的关照。毛延寿在秭归县选中一个农家女子，名叫王嫱，字昭君，长得十分艳丽，堪称天下绝色。毛延寿向她索要黄金百两，欲将她选为第一。昭君一来没钱，二来倚着自己容貌出众，便拒绝向毛延寿行贿。毛延寿怀恨在心，便将昭君的画像点上黑点。王昭君一到京师便被发入冷宫，十年未见君主一面。

一天深夜，昭君寂寞难耐，因她颇通丝竹，于是便弹起琵琶，聊以消解愁闷。恰遇汉元帝巡宫到此，听到幽怨的琵琶曲，便止住了脚步，吩咐道：“小黄门，你看是哪一宫的宫女在弹琵琶，传旨叫她来接驾。”

“是!”小黄门应了一声。汉元帝道：“慢，轻着些，不要惊吓着她。”

昭君奉旨接驾，她抱着琵琶，在纱笼烛光的掩映下，更显得楚楚动人。她仪态端庄地走到元帝面前，说：“妾身早知陛下驾临，只该远接，接驾不早，妾该万死。”

汉元帝早已被昭君的姿容惊呆，他万万没想到后宫还有这样一个佳丽，便问道：“看卿这等体态，为何不得近幸?”

昭君说：“当初入选时，使臣毛延寿索要金银。妾身家境贫寒，未付赂金，故毛延寿将妾像点出破绽。因此妾被发入冷宫。”

“小黄门。”元帝说，“取那图像来看。”

当汉元帝看到那被点破的昭君美人图，与眼前的昭君姿容相去甚远时，不由怒火中烧，命令道：“小黄门，传旨下去，将毛延寿斩首。”

毛延寿得知消息，仓皇逃走。

番王呼韩邪单于拥兵十万，独霸北方。近日遣使往汉朝进贡，并请求公主下嫁和亲。汉元帝以公主尚幼为辞，拒绝了他，番王心中好不自在。

毛延寿逃出汉宫，便带了昭君美人图，作为进见礼投奔

呼韩邪单于。他见了呼韩邪单于说："某是汉朝中大夫毛延寿。汉朝西宫有个美人叫王昭君，生得绝色。前些时候大王遣使求公主时，那昭君情愿请行。汉主舍不得，不肯放手。某再三苦谏，说：'岂可重女色，失两国之好？'汉主倒要杀我。某因此带了这美人图献与大王。可遣使按图索要，必然可得。这便是图样。"

毛延寿献上昭君美人图，番王看后，惊叹道："世间竟有如此美女！若得她做阏氏（汉朝匈奴单于皇后称号），我愿足矣。"

番王随即差一番官，率领部队，写书与汉朝天子，求索王昭君和亲。若不肯与，不久将南侵，叫汉朝江山难保。

汉元帝自从见了王昭君，如醉如痴。随即封昭君为明妃，终日厮守，久不临朝。今日方才升殿，等不得散朝，便又到西宫去看昭君。此时昭君正为迎接皇帝梳妆打扮，汉元帝悄悄站立她身后，看着她说不完的千般风流，描不尽的雍容华贵。

突然，尚书令五鹿充宗、内常侍石显急匆匆赶到西宫。见了汉元帝，五鹿充宗说："奏得我主得知，如今北番呼韩邪单于差一使臣前来，说毛延寿将美人图献与他，他便索要昭君娘娘和番，以息刀兵。不然，他将大势南侵。"

"养兵千日，用兵一时。"元帝说，"朕有满朝文武，哪一个肯与朕退得番兵？难道我巍巍汉室倒要叫个娘娘和番不成？”

五鹿充宗说：“他们说陛下宠昵着王嫱，朝纲尽废，坏了国家。臣想纣王只为宠幸妲己，落得国破身亡，陛下宜视其为鉴。”

“说什么武王伐纣，却不道伊尹扶汤。”元帝说。

“陛下。”五鹿充宗说，“咱这里兵甲不利，又无猛将与他相持，倘或疏失，怎么办呢？还望陛下割爱，以救一国生灵。”

汉元帝悲哀地说：“想你们满朝的文武食我汉家俸禄，如今却没有一个猛将退得贼兵。昭君难道与你们有杀父之仇？料不到你们这文武三千都成了害我明妃的毛延寿！”

石显前来报道：“现在番使在朝外等宣。”

元帝说：“罢、罢、罢！叫番使进殿来。”

番使上前，对元帝说：“呼韩邪单于差臣南来奏大汉皇帝：北国与南朝向来结亲和好，曾两次差人求公主不得。今有毛延寿，将一美人图献与单于。单于特差臣来，单索昭君为阏氏，以息两国刀兵。”说罢，转身径自离去。

汉元帝看着眼前的文武百官，个个垂首低眉，束手无策，真好似热锅上的蚂蚁。他气恼地骂道：“你们这些文武班头，只会山呼万岁，诚惶顿首，难道真的要拆散俺鸾交凤友，驱俺明妃上那阳关路上不成？”

“陛下。”正当汉元帝痛心疾首、文臣武将惶恐而无对策时，明妃昭君款步走上前来，说："妾既蒙陛下厚恩，当效一死，以报陛下。妾情愿和番，以息刀兵。只是妾与陛下闱房之情，怎能割舍得了！"

汉元帝说："朕如何割舍得了你？"

"陛下宜割恩断爱，以社稷为念。早早发送娘娘去吧。"五鹿充宗催促道。

汉元帝吩咐五鹿充宗："卿等今日先送明妃到驿中，交付番使。待明日朕亲出灞陵桥，为明妃饯行。"

"只怕使不得。"五鹿充宗说，"恐被外夷耻笑。"

汉元帝说："卿等所言，我都依了。只是好歹要去送一送！只恨毛延寿那厮，忘恩背主的贼臣，生将俺和爱妃扯成牛郎与织女，正所谓这做天子的官差也不自由！"

灞陵桥畔，流水悠悠，哀柳依依，更添凄凉惆怅。

番使带兵拥着昭君向北走去。一路行来，昭君与汉室泪眼相别，一步几回头。一会儿，汉元帝带领文武百官来到。路上仍然不忘与百官计议，如何既退了番兵，又免却昭君和番。昭君见了元帝，跪地而拜："陛下，妾这一去，再不知何时能见陛下？"

汉元帝上前扶起昭君，说："朕与爱妃虽厮守不过月余，权当作终生消受。从今后卿在胡地，朕在长安，你便是朕心中的魁星北斗。待我与明妃饯一杯酒来。"

昭君与汉元帝举杯同饮一杯泪酒。

“天色已晚，请娘娘早行。”番使在旁催促道。

昭君说：“今日汉宫人，明朝胡地妾。妾身安能着我汉家衣裳，为他人作春色。待我将汉家衣都留下与我主。”说罢，留下汉家衣裳，被人扶上马。此刻文武百官齐跪地下，叩首相送。昭君顾而长叹：“看这文官济济何用，便是那武将森森也枉然，却叫我红粉去和番，真真愧煞千古须眉！”

昭君去了，五鹿充宗这里劝慰汉元帝：“陛下，回銮吧！莫苦留此，娘娘已经去得远了。”

“明妃她去了吗？”汉元帝痴呆自语，伫立凝望着北方，沉痛欲绝，长歌当哭，抒发别后的凄凉：

说什么大王、不当、恋王嫱，
兀良！
怎禁他临去也回头望。
那堪这散风雪旌节影悠扬，
动关山鼓角声悲壮。
……
呀！
俺向着这迥野悲凉。
草已添黄，
兔早迎霜，
犬褪得毛苍，

人搠起缨枪，

马负着行装，

车运着糇粮，

打猎起围场。

他、他、他，

伤心辞汉主。

我、我、我，

携手上河梁。

他部从入穷荒；

我銮舆返咸阳。

返咸阳，

过宫墙；

过宫墙，

绕回廊；

绕回廊，

近椒房；

近椒房，

月昏黄；

月昏黄，

夜生凉；

夜生凉，

泣寒螿；

泣寒螀，

绿纱窗；

绿纱窗，

不思量！

……

呀！

不思量，

除是铁心肠；

铁心肠，

也愁泪滴千行。

美人图今夜挂昭阳，

我那里供养，

便是我高烧银烛照红装。

番王呼韩邪单于率部迎接昭君，见了昭君非常高兴，说道："今日汉朝不弃旧盟，将王昭君与我和亲，我将昭君封为宁胡阏氏，坐我正宫。两国息兵，多少是好。众将士，传下号令，大众起行，望北而去。"

当队伍行至黑江，昭君问番使："这里是什么地方？"

"这是黑江，番汉交界处。南边属汉家，北边属我番国。"番使回答。

"大王！"昭君对番王说，"借一杯酒往南浇奠，辞了汉家，长行去吧。”

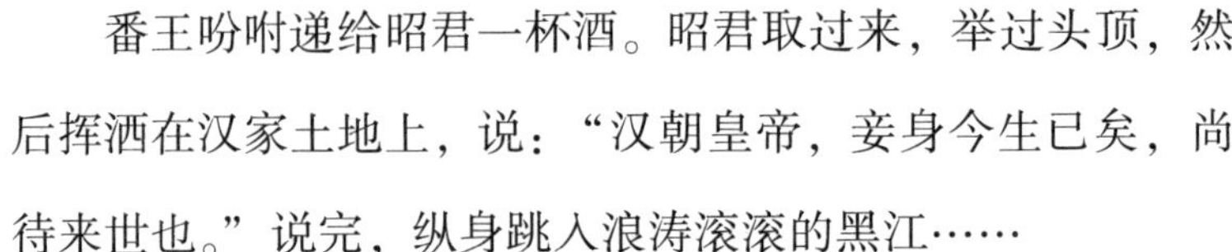

番王吩咐递给昭君一杯酒。昭君取过来，举过头顶，然后挥洒在汉家土地上，说：“汉朝皇帝，妾身今生已矣，尚待来世也。”说完，纵身跳入浪涛滚滚的黑江……

番王等惊救不及，慨叹万分，说：“唉！可惜，可惜！昭君不肯入番，投江而死，就将其尸首葬在江边。我想来，人也死了，枉与汉朝结下仇隙，这都是毛延寿那厮搬弄出来的是非。把都儿（番语中的“勇士”之意），将毛延寿拿下，解送汉朝处治，我依旧与汉朝结和，永远修好。”

自离了昭君，汉元帝一百日不曾上朝。宝殿里，六宫人静，枕席生凉。迢迢长夜，汉元帝对银台一点孤灯，思念昭君，长夜难眠。

这一夜，汉元帝吩咐小黄门往御炉中添了些香后，又将昭君的美人图挂起，凄然相对。一时困乏至极，汉元帝便伏案入眠。

在睡梦中，那美人图上的昭君飘然而下，边走边喊：“陛下，妾身来了也。”后边追着番兵。昭君刚刚走进宫来，只听空中传来几声大雁的孤鸣。元帝从梦中一下惊醒。“明妃在哪里……”

此时，天际又传来几声大雁的凄楚叫声。

汉元帝怅然哀伤，恨死那惊破幽梦的雁鸣。他想到，薄命的明妃此时不知如何思念汉主，便又愿那大雁飞去北番，让那明妃也能听几声牵情惹恨的雁叫声。

五鹿充宗上来报道：“陛下，今日早朝散后，有番国差使绑送毛延寿来，说因毛延寿叛国败盟，致此祸衅。今昭君已死，情愿两国讲和，伏候圣旨。”

汉元帝说：“既如此，便将毛延寿斩首，祭献明妃。命光禄寺大摆筵席，犒赏来使。”

（改写自马致远《破幽梦孤雁汉宫秋》）

半夜雷轰荐福碑

范仲淹当了天章阁大学士，奉圣旨去江南采访贤士。他的朋友宋公序被皇帝任命为扬州太守，二人便同时上路。在路上，宋公序求范仲淹为他物色一个女婿。范仲淹欣然允诺，说："我有一结拜兄弟张镐，他才学不在老夫之下。我现在要去找他，如您不弃，我可从中做媒。"

"多谢哥哥操心。"宋公序谢过范仲淹，到扬州上任去了。

张镐，字邦彦，才学出众，怀才不遇。范仲淹是他八拜之交的哥哥。

长子县张家庄有一个大户张浩，骡马成群，田庄万顷。张浩因为张镐的名字听起来与自己的一样，又见他有满腹的文章，便让他在自己的庄上教几个蒙童度日。

范仲淹一路打探，来到张家庄。

张镐正在书房里独自惆怅。范仲淹在一个学童的带领下来到这里。张镐惊喜地将范仲淹请进书房，说：“哥哥请坐，受兄弟两拜。”

范仲淹说：“不必客气。”

“哥哥。”张镐说，“我早知道你今天要来。”

范仲淹奇怪道：“兄弟，我又不曾给你写过书信，你如何知道？”

“兄弟我昨夜在这书房里看书，灯花结聚一处，所以我便知道今天必有贵客临门。”

范仲淹笑笑，说：“兄弟，论你高才大德，博学广文，为何不去进取功名，而在这么个偏僻的地方教学？如能结交些朋友，必有机会升堂入室。”

“这世道，好人无路！”张镐说。

“你家东家何在，何不请他出来与我见见面？”范仲淹说。

正在此时，东道主张浩走进书房来。张镐向张浩说：“老兄，这是我哥哥范学士。”

范仲淹站起身，向张浩施礼说：“老兄，贤弟在此，多蒙垂顾。”

“知之为知之，不知为不知。”张浩说，“多劳相公远降，有失远迎。知之为知之，不知为不知。老相公请坐，我去料理茶饭。知之为知之，不知为不知。”说完走出书房去了。

“贤弟。”范仲淹见张浩走了之后腻烦地说，“这厮是个愚人。”

“这人蠢虽蠢，却有万贯家财。”张镐说，“唉，不足道哉！”

“兄弟，”范仲淹说，“你身边有何功课？”

“兄弟我写下万言长策，请哥哥过目。”张镐说。

范仲淹仔细地看过万言长策，说：“待我将这长策带回京去，献给圣上，保举你为官，如何？”

“多谢哥哥举荐。”张镐说，“此地岂是我张镐久留之地！”

范仲淹听了张镐的话，说：“我兄弟既然要在事业上活动活动，我与你三封书信，投托三个人去。第一个是洛阳黄员外，你投托他去，他见了我的书信，你的衣食盘费就不用操心了；第二个人是黄州团练副使刘士林，他见了我的书信，必有厚赠；这第三个人最要紧，他是扬州的太守宋公序，你到了他那里，休说你那盘缠费用，就是前程的大事，也都不成问题了。倘这三家的门都叩不开，你权且在张家庄住着，我派人邀取你为官，贤弟意下如何？”

“多谢哥哥！”张镐说。

范仲淹为张镐修书三封。张镐让东家通知学生暂且回家，然后拿着范仲淹的三封书信上路了。

张镐带了琴、剑、书箱赶到洛阳，向黄员外家投了书信。可是当他第二天去敲他家的门时，发现黄家门楼上面挂着纸钱。他在门上叩了几下，不一会儿，门口出现一个娘子，问张镐："你找谁？"

"我是昨日下书的张秀才。"张镐说。

那娘子听张镐一说，立刻变了脸，说："你就是昨天下书的秀才？我家员外就是被你下的书信妨杀（妨杀，指某物对人不利，致人死。迷信说法）。如今你还有什么脸来我家？"说完，"哐当"一下关上了门。

张镐一下子愣在那里，心想："怎么黄员外一下子就死了呢？唉，张镐啊张镐，才第一封信，就这样不顺利，你的命好苦啊！"

范仲淹将张镐的万言长策带回京，皇帝看后大悦，立即擢他为吉阳县令。范仲淹因公事冗杂，脱不开身，便差了一个小官去长子县张家庄为张镐加官赐赏。

张浩从庄稼地里回到家，忽报圣旨来到，他立即吩咐装香摆案，跪地候旨。差官说："张镐，因为你献了万言长策，圣上见喜，封你为吉阳县令，教你走马上任。谢恩！"

"万岁，万万岁！"张浩呼道。

差官读完圣旨走了。张浩知道是差官认错了人，错加了官，但他将计就计，认下了县令官位，收拾鞍马，上任去了。

张镐离了洛阳，赶往黄州，投奔团练副使刘士林。一天，他来到一个三岔路口，旁边有一座庙，便走进庙去问路。见一个和尚正在撞钟，他上前施礼说："敢问长老，您这钟撞得不是时候，是因为什么?"

"这是无常钟。"和尚说，"死了人以后，便撞这样的钟。"

"长老，"张镐问，"死者是一个锄田汉吗?"

"不是。"和尚说。

张镐说："那么他一定是个官僚贵人了。"

"是的。"和尚说，"死者就是那黄州团练副使刘士林。"

张镐一听，险些昏倒在地。自己艰难跋涉，历尽辛苦，不想这第二个可投托的人又被妨杀了，看来此生我只能做个教书先生了。气愤之下，将范仲淹给他的第三封信撕碎，沮丧地回张家庄教书去了。

天下大雨，正在路上行走的张镐忙跑进龙神庙去避雨。他见那供桌上有个珓儿（占卜吉凶的工具），想为自己占卜一下，便将珓儿往地上掷了两次，结果都是不合神道的凶卦。他恶声恶气地骂了一阵珓儿，又取笔蘸着檐下雨水浸化的漆墨，在龙庙的墙壁上写下四句诗：

雨旸时若在仁君，
鼎鼐调和有大臣。
同舍若能知此事，

漫将香火赛龙神。

题诗后，张镐觉得一阵困意袭来，便在殿角边上蒙眬入睡。

龙神挨了张镐的谩骂，又见他题坏了自己的庙宇，很气恼，便也骂张镐："你亏心折尽平生福，行短天教一世贫。龙庙题诗将俺这神灵骂，你本是儒人，我着你今后不如人。"

张镐醒来，看看天已晴，便又上路了。

张浩冒充张镐去上任，正行走间，与回张家庄的张镐相遇。张浩掉了头便逃。

张镐见那骑马穿了官服的人像是自己的东家张浩，便追赶上去。张浩在马身上加了几鞭子，飞似的跑远了。张镐追上了吉阳县前来迎接新官上任的衙役，问他："刚才骑马的人是谁？"

"张浩。"衙役答。

"是住在长子县吗？"张镐又问。

"是。"衙役说，"因为他向皇上献了万言长策，今日到我县上去任县令。"说完，甩下张镐又追张浩去了。

张镐这里纳闷：张浩能有什么万言长策？

张浩骑马跑了一阵有些累，见路边有一棵柳树，便将马拴在树上，他也坐在绿荫下歇息。一会儿衙役赶上来，张浩说："奴才，你怎么才赶上来？你知道你有罪吗？"

“有罪!”衙役道。

“你刚才在路上见了个秀才吗?”张浩说,“你去把他给我杀了,我便饶了你的罪过。”

“他的罪名是什么呢?”衙役问。

“他拐了我的梅香。”张浩说,“你必须给我三件信物,我才相信你确实把他杀了。”

“什么信物?”衙役问。

“他的衣衫襟子;刀上见血;地上挣命的印迹。”张浩说。

衙役领了命令,回头去追张镐。不一会儿,追上张镐,说:“秀才,请停一停。”

张镐一见是刚才那个衙役,便说:“那骑马的是张浩吗?”

衙役没有回答他的问题,说:“秀才,我家相公认识你,让我给你送十两枣穰金,在我裤腿子里打着,你自己取吧!”说完向张镐伸出了一条腿。

张镐说:“穰金在哪?待我看来。”说完低头向衙役腿上找金子。

衙役拔出刀向张镐砍去。可是当他举起刀,看见张镐这般善良无辜,便手软起来。张镐抬头见了衙役手中明晃晃的刀,说:“哥哥饶俺性命!我实在冤屈。”

“秀才,”衙役说,“他说你拐了他的梅香,偷了他家的东西，所以让我来杀你，你怎么说冤屈？”

张镐说：“哥哥暂且息怒，听我从头说起。”

衙役放了手，想听听他说些什么。

张镐说：“哥哥，我姓张名镐，字邦彦；他姓张名浩，字仲泽。我名是金字边加个高，他是三点水加个告。因与俺同名同姓，他留我在他庄上教着几个村童。一天，我的哥哥范大学士相访，将我的万言长策收了，又给了我三封书信。头两封信妨杀了两个人，所以我将第三封信撕毁了。一定是我哥哥回京后，派人唤我为官，我不在庄上，他赖了我的官爵。他怕久后事体败露，所以让你今天来杀我。他封妻荫子，俺却含冤负屈。”

衙役被他的话打动了，说：“张秀才，你若不说，我怎么知道。事情既然如此，我怎么能忍心杀你呢？只是他要我取你三件信物。”

“哪三件信物？”张镐问。

“要你那衣衫襟子；刀子有血；地上挣命的印迹。”

张镐一听，心中恨死了昔日的东家，无奈地说：“哥哥，你要衣服，可割一块去。”

衙役从张镐衣衫上割下一块。又说：“这刀子上还要见血。”

“怎么能够让刀上有血呢？”张镐为难起来。

衙役说：“张秀才，拣你身上不疼的地方，让我扎上一

刀子，不就有血了吗？”

“哎呀，哥哥，”张镐说，“身上哪块不疼啊？”

衙役想了想说：“张秀才，你打破了鼻子，不就有血了吗？”

张镐无奈，只得打自己的鼻子。衙役说：“你打重点！”

张镐怎么也狠不下心来，打不出血。衙役见他可怜，便一下打破自己的鼻子，将血涂在刀上。他又说：“张秀才靠边站。”

张镐不知他要干什么。只见他一下子扑倒在地，挣扎乱滚，然后站起身来。

“哥哥这是干什么？”张镐问。

“傻秀才，”衙役说，“这是你死前拼命的印迹。”

张镐被感动得一下子跪倒在地，含着泪说：“感谢哥哥，此大恩异日必当重报，敢问哥哥姓甚名谁？”

“我姓赵名实，你久后得官，休要忘记我。”赵实说。

“赵实哥哥，”张镐说，“你的名字我永远记下。日后我一定为你日夜烧香，供养到老。”

说完，二人拜别。

张浩派衙役去杀张镐，等得不耐烦。衙役回来后，他急切地问：“你杀了那秀才吗？”

“我赶上去，只一刀便杀了那秀才。”赵实说完将一块衫襟和带血的刀呈给他，“相公若不信，可去那里看那拼命的印迹。”

张浩心中一阵高兴，可是他担心这衙役日后会告发此事，便又生一计，说：“你真是好男儿，我上任后定重重赏你。眼下我的马一天不曾饮水，那里有口井，你去打些水来饮饮它。”说完，跟着赵实来到井边。

赵实走近井沿打水。张浩趁赵实不注意，猛推赵实，想把他推入井里。赵实转身，一拳将张浩打翻在地，并高喊：“有杀人贼啦……”

宋公序回京，恰巧从这里经过，听到喊声，便命令手下的人说：“什么人吵闹，拿近前来。”

赵实和张浩被带到宋公序面前，宋公序问赵实：“你是什么人？”

赵实将事情从头至尾照实说出，然后道：“相公，我死了不打紧，可家中还有八十岁的母亲。我死了，谁来奉养她？”

宋公序早从范学士那里知道秀才张镐。看了眼前的这位，察觉气质不对，便吩咐手下将这两个人带回京师，让范学士亲自审问。

张镐那日遇险脱生，不能再去张家庄。他打听得范学士要到饶州任刺史，便投到饶州一带，住在荐福寺中。

寺中的长老，自幼出家，通晓经文佛法，听说张镐是范学士的好朋友，便格外敬重。一日无事，便来与张镐攀谈。

长老问张镐："先生学成满腹文章，为何不进取功名？"

张镐见长老问，便将自己辗转流离的经过向他述说一遍，最后说："小生是要往京师去，怎奈缺少盘缠。"

长老听了张镐的不幸遭遇，万分同情，当即说："既然如此，你若进取功名，我实无他物相赠，但我这碑亭中有一通碑，乃是颜真卿的书法，我买来纸墨，明日教小和尚打做一千张法帖，卖一贯钱一张。卖得的钱供你做上京的盘缠，你看如何？"

张镐感激万分。

可是当天夜里，龙神震怒，一道惊雷将碑文轰个粉碎，随后是一阵倾盆大雨。

张镐被震醒后，见碑文被轰碎，便再也不能入睡。挨到天明，忽见轰碎的石碑旁有一道龙神留下的诗，上面写道："莫瞒天地昧神祇，祸福如同烛影随。善恶到头终有报，只争来早与来迟。"

长老来到，见了震碎的碑文对张镐说："看来你又恼着龙神了！"说完摇摇头，无可奈何地走了。

待长老走后，张镐越想越气愤，禁不住悲呼："这壁拦住贤路，那壁又挡住仕途。如今越聪明越受聪明苦，越痴呆越享了痴呆福，越糊涂越有了糊涂富。则这有钱的陶令不休官，无钱的子张学干禄。天公与小子何辜，问黄金谁买《长门赋》，好不值钱也者也之乎。我平生正直无私曲，一任着小儿簸弄，山鬼揶揄。”

于是他拿了绳子，走到殿角边上的槐树下，准备自尽。

正在此时，范仲淹来到这里，冲上前去，将张镐救下，说道：“蝼蚁尚且贪生，为何做人倒不惜命？”

张镐见了范哥哥，扑入他的怀中号哭。范仲淹问：“贤弟，你满腹文才，一时未遇，就灰心堕志到这种地步，实在不该。”

张镐说起了与范仲淹别后的种种坎坷。范仲淹听后，不禁为之落泪，说：“兄弟，你今日就跟我进京见圣上去！”

二人携手并骑，直往京师。

张镐被范仲淹举荐给皇帝，日不移影，对策百篇。皇帝大喜，加张镐为头名状元。

范仲淹在驿亭中设下宴席，为张镐祝贺。

张镐满面春风，他万没想到自己废寝忘食这么多年，求取功名不遂，今日竟一朝蟾宫折桂。他潇潇洒洒地来到驿亭赴宴。

范仲淹见了张镐说：“兄弟峥嵘有日，奋发有时，若不是这一番举荐，岂有今日？”

“不干哥哥事！”张镐说。

范仲淹不解，又说：“不干我事，那么是兄弟的才学过人？”

“也不是。”张镐说，“都因为古庙里的平地一声雷，那

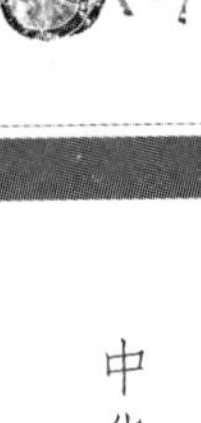

老龙王说得好，善恶到头终有报，只争来早与来迟。”

荐福寺长老听说张镐得中头名状元，特来祝贺。

宋公序带赵实、张浩进京途中路过驿亭，听说范学士在亭中，便吩咐衙役和赵实说：“休要让那张浩跑了。”说完自己进到亭中。

范仲淹一见宋公序，喜出望外：“兄弟，你我一别久矣。请你见见这位相公。”说着请过张镐来。

宋公序说：“敢问哥哥，这位是……”

“这便是我说起过的张镐。”范仲淹对张镐说，“这位是宋公序。”

“原来如此，久仰久仰。”宋公序说。

范仲淹对张镐说：“我当初第三封信便是让你去找他，你为何不去？”

张镐说：“我又怕妨杀他……”

宋公序听了张镐的叙述，说：“我在路上拿住一个作恶的张浩。”

“在哪里？拿将过来。”范仲淹说。

张浩被衙役们押进亭来，后面跟着赵实。

张镐一见仇人，怒火万丈，说：“张浩，我和你有何冤仇，你这般陷害我？”

“知之为知之，不知为不知。”张浩说。

“你知道万言策是如何做，却顺手贪便宜，陷害忠良。”

张镐说。

张浩现出一副无赖模样，说：“可怜我父亲年纪大，又有疾病，老爷不要杀我。”说完忙跪地叩头。

“你说你父亲年老更残疾，他也不是个好东西。”张镐说，“只是我那救命的恩人现在哪里？

赵实走上前来说：“相公认识我吗？我就是赵实。”

张镐见了赵实，恭敬地说：“哥哥在上，请受张镐两拜。”说完便跪在地上给赵实磕了两个头。

赵实连忙搀起张镐：“小人不敢，相公请起。”

“兄弟，”范仲淹说，“你为何这样拜他？”

张镐说：“哥哥不知。那日要不是他饶了我的性命，我岂有今日。”

最终，张浩被押赴刑场处死。宋公序招张镐为婿。众人杀羊造酒，庆贺幸会。

（改写自马致远《半夜雷轰荐福碑》）

赵氏孤儿大报仇

春秋时候的晋国，晋灵公在文武百官中只信任一文一武两个大臣。文官是正卿赵盾，武官是大将屠岸贾。可是，文武不和，屠岸贾屡屡加害赵盾，并常常向晋灵公进谗言，说赵盾的不是。久而久之，晋灵公也开始厌恶赵盾。

一次，屠岸贾派一个叫鉏麑的勇士去刺杀赵盾。不料鉏麑身藏短刀翻过墙去行刺时，被赵盾的勤勉和正直所打动，于是放弃刺杀赵盾，自己却寻短见，撞树而死。

赵盾为了鼓励农民耕作，去郊外劝农。见一棵桑树下躺着一个饿得奄奄一息的人，便赐给他酒饭，让他饱餐了一顿，那人吃后什么也没说就走了。

后来，西戎国进贡给晋国一只硕犬，叫神獒，晋灵公将神獒赐给了屠岸贾。

自从得了神獒以后，屠岸贾便设了一个谋害赵盾的奸计。他将神獒锁在小屋里，三五天不给它东西吃。然后在后花园中扎一个草人，打扮成赵盾的模样，在草人腹中藏着一副羊心肺。然后把神獒牵出，将草人的衣服剖开，使神獒饱餐一顿，然后依旧将神獒锁进小屋。又饿了三五日，再将神獒牵出时，那神獒见了草人扑上去便咬……如此训练了几个月，屠岸贾觉得时机成熟了。

一天，屠岸贾对晋灵公说："今日有不忠不孝之人，很有欺君之意。"

晋灵公一听，大怒，说："此人是谁？"

屠岸贾说："西戎国进贡来的神獒，性最灵异，它能识别此人。"

"如此很好，就让神獒为我诛除此人。"晋灵公说。

这一天，赵盾正立在晋灵公的坐榻边上与晋灵公商谈国事。屠岸贾牵神獒来到，那神獒见了赵盾，便向赵盾扑去。

晋灵公说："屠岸贾，你放了神獒，它咬谁谁便是佞臣！"

屠岸贾放了神獒，那恶犬追着赵盾撕咬。旁边的太尉提弥明冲上前去，一瓜锤先打倒恶犬，又一手揪住它的脑门，一手扳住它的下巴颏子，将个神獒撕成两半。赵盾逃出殿门，登上他的马车。谁知屠岸贾已经暗地里派人将四匹马拉的车卸去了两匹马，两个车轮也被卸去了一个，于是车子不能行驶。这时，突然冲出来一个壮士，一个肩膀扛住车轴，一手扬鞭策马，奋力救出了赵盾。这个壮士就是那桑树底下的饿汉，名字叫灵辄。

后来，晋灵公听信屠岸贾的谗言，将赵盾及赵家三百多口人斩尽杀绝。只因赵盾的儿子赵朔是当朝驸马，不好擅杀。屠岸贾又假借晋灵公的圣旨，让赵朔选弓弦、药酒、短刀三种中的一种自尽，以求斩草除根。

后宫中，赵朔向公主留下遗言："你如今怀有身孕，若是生了女儿，便无话说；若是生了男儿，就叫他作赵氏孤儿。待他长大成人，一定要为俺赵家报仇雪冤。"

公主哭着说："天啊，可怜我一家死无葬身之地。"

"公主，"赵朔说，"我嘱咐你的话，你要牢记心中。"说完，赵朔持短刀自刎身死。

赵朔死后，屠岸贾将公主囚禁在府中。不久，公主生下一个男孩，取名赵氏孤儿。屠岸贾听到这一消息，如坐针毡，暗下狠心，准备待男孩出得满月，就将他杀死。晋公主自从生了赵氏孤儿，整日忧愁烦恼，她料到屠岸贾不会放过赵家这唯一的血脉。只是如何将这孤儿送出府门，她一时手足无措。而屠岸贾此时也命令手下人："传我的命令，命韩厥将军把住府门，不搜进去的，只搜出来的。若有盗出赵氏孤儿者，全家抄斩，九族不留。"

赵朔家有个门人程婴，原来是草泽医生，蒙赵朔一家十分优待，与赵家感情深厚。眼见奸臣屠岸贾诛杀赵氏全家，程婴心中早怀有切齿之恨。晋公主被囚禁期间，他每日传茶送饭。今日听见公主唤他，想是公主产后要什么汤药，便背了药箱径直走进公主门里，问：“公主唤程婴有何事？”

“程婴，”公主说，“你看俺赵家一家死得好惨啊！今天唤你来别无他事。我如今添了这个孤儿，他父亲临终前，嘱我将他抚养成人，为赵家报仇。看在我赵氏全家的面上，拜托你将此孤儿掩藏出去。”

程婴说：“公主，你还不知道，屠岸贾那老贼听说你产下赵氏孤儿，在四城门张挂榜文，倘有藏孤儿者，全家处斩，九族不留，我怎么掩藏他出去呢？”

“有道是遇急思亲戚，临危托故人。你若是救了这孤儿，便是为我赵家留下一条根。”说罢，公主跪在程婴面前：“程婴，求你可怜俺赵家三百口，雪恨的希望都在这条小生命身上。”

程婴急忙搀起公主，说：“公主请起，假若我将小主人掩藏出去，那屠贼得知，问你要赵氏孤儿，你说托给了程婴。俺一家大小死了也罢，只恐怕这小主人也休想活命。”

公主说：“罢、罢、罢！程婴，我叫你去得放心。”

公主说完，解下裙带，悬梁自尽。

程婴见公主已死，便打开药箱，将赵氏孤儿放在里面，再用些生药遮住他的身子，寻机带出府门。

大将韩厥，眼见得屠岸贾残害忠良，心中时时愤然不平。今日被屠岸贾命令守住公主府门，便说：“来人，你们

要严守府门，如有要出门的人，报与本官知道。”

卒子们说：“是！”

程婴抱着药箱，慌忙向府门走来。当他看见守门的是韩厥将军，心中暗自高兴，因为韩厥将军也是赵盾老相公抬举起来的。若是能够闯出门去，小主人和自己都可以活命了。他一边想一边径直往门外走去。

韩厥见一抱药箱的人出门，便命卒子们拿他来，问：“你是什么人？”

“我是个草泽医生，姓程名婴。”

“你从哪里来？”韩厥问。

“我在公主府内煎汤下药来。”程婴从容地答。

“你下的什么药？”韩厥问。

“益母汤。”程婴答。

“你这箱子里是什么东西？”韩厥问。

“都是生药。”程婴答。

“是什么生药？”韩厥问。

“都是桔梗、甘草、薄荷。”程婴答。

“里面可夹带了什么东西吗？”韩厥问。

“并无夹带。”程婴沉着地应答。

“程婴，”韩厥说，“你以为我不认识你吗？你本是赵盾家堂上客。你的药箱中定藏着赵家的一条根。你看这前后门把守森严，你这药箱怎能带得出去？”韩厥命令手下人回避，然后走近并打开药箱，笑着说："程婴，你说是桔梗、甘草、薄荷，我可搜出'人参'来了。"

程婴道："韩将军息怒！这孩儿就是那屠岸贾朝夕要捉拿的赵氏孤儿，你尽可交与屠贼邀功请赏去。"

韩厥道："我若把这孩儿献将出去，定会一身富贵。但我韩厥是一个顶天立地的男儿，怎肯做这般勾当！程婴，你抱这孤儿出去，若屠岸贾问及此事，我自有道理。"

"如此多谢将军！"程婴拜谢韩厥，抱了药箱便走。不出几步便折回来，一下跪在韩厥面前。韩厥奇怪道："程婴，我说放你出去，难道是在耍你不成？要么是你没有包身胆，强做保孤人？"

"不是这等说法。"程婴说，"我若出得这府门，你报与屠岸贾知道，派了别的将军赶来拿住我程婴，这个孤儿也是万没有活的道理。罢，罢，罢！你捉我程婴去，请功受赏，我情愿与赵氏孤儿死在一块。"

韩厥听了程婴的话，又羞又愤，道："好你个程婴，也太看不起我韩厥了。我岂是那种见利忘义、贪生怕死的小人？你只管将这孤儿带出这险境，教他练武学文，日后重掌三军，拿住那屠贼，将他碎尸万段，报答赵氏亡魂。那时节，休忘了我这放他出门的大恩人。"说完与程婴拱手诀别，横剑自刎。

程婴深为韩将军的义举感动，抱了孤儿匆忙逃出城去。

再说那屠岸贾，当他得知公主在府中自缢、把守府门的韩厥也自刎身亡的消息，如同晴天霹雳。他明白，赵氏孤儿必已逃走。于是，他又假传晋灵公之命，把晋国内凡是一月之上、半岁之下的男孩，统统搜出，其中必有赵氏孤儿。将这些孩子个个砍上三剑。如有违命者，全家处斩，九族不留。

程婴抱着赵氏孤儿躲藏着，他忽然想起了公孙杵臼。公孙杵臼，原任中大夫职，与赵盾曾是一殿之臣，二人相交最厚。因屠岸贾专权，朝政黑暗，公孙杵臼只得罢职归农，住在太平庄上，过着隐居生活。

程婴深知公孙杵臼是个正直的人，他冲出城后便直奔太平庄而去。到了庄上，先将药箱放在篱笆下，然后请公孙杵臼的家童去通报主人。公孙杵臼听说程婴来到，便说："有请。"

待程婴坐定，公孙杵臼问："程婴，你来此有何事？"

程婴说："在下见老宰辅在这太平庄上，特来相访。"

"自从我罢官之后，众宰辅们好吗？"公孙杵臼问道。

"唉，比不得老宰辅为官时节。"程婴说，"如今屠岸贾专权，众臣皆敢怒不敢言。"

"这等贼臣自古有之，只是苦了众百姓与忠臣良将。如今他又把赵盾全家杀得绝了种……"公孙杵臼说。

"老宰辅，"程婴说，"幸得皇天有眼，赵氏还未绝种。"

“他家满门三百余口，被诛尽杀绝。驸马与公主也都自裁身死，哪里还有什么种？”公孙杵臼问。

“老宰辅有所不知，近日公主被囚禁府中，生下一子。只怕屠岸贾得知，又要将他杀死……”

“如今这孤儿却在哪里，可有人救他出来？”

“老宰辅既有这点见怜之意，在下便实情相告。”程婴道，“公主临亡时，将这孤儿托付给我，要我好生看顾，待他长大成人，与父母报仇雪恨。我程婴抱了这孤儿到得城门，那韩厥将军放我出了府门，然后自刎而亡。如今将这孤儿无处掩藏，特来投奔老宰辅。我想宰辅原与赵盾是一殿之臣，必然交厚，只可怜这孤儿啊……”

“那孤儿现在何处？”公孙杵臼急切地问。

“就在门首篱笆下。”程婴说。

“休惊吓着他！你快去抱了来！”公孙杵臼说。

程婴将药箱取来，打开箱盖，那孤儿睡得正香。

“老宰辅，我如今将赵氏孤儿偷藏在老宰辅跟前，一者报赵驸马平日优待之恩，二者要救全国小儿之命。我程婴已四旬有五，所生一子，尚未满月，待将他假装做赵氏孤儿。老辅宰报告屠岸贾去，只说程婴藏着孤儿，屠岸贾定会把俺父子处死。老辅宰慢慢抚养孤儿长大成人，与他父母报仇。”

“程婴，”公孙杵臼问，“你如今多大年纪了？”

“在下四十五岁了。”程婴答。

“这孤儿，算来需二十年后方报得父母之仇。那时，你只是六十五岁，而老夫那时节便已九十五岁，生死未知，怎能与赵家报仇？程婴，你肯舍得你孩儿，交付与我，你去报告屠岸贾，说太平庄上公孙杵臼藏着赵氏孤儿，那屠岸贾领兵来捉拿，我和你亲儿一处而死。你将赵氏孤儿抬举成人，与他父母报仇，方才是长策。”

“老宰辅，”程婴说，“只是怎能难为你老宰辅……”

“程婴，我意已决，再不必多说了。”

程婴深深地为公孙杵臼慷慨赴死的决心所感动。他辞别公孙杵臼，将孤儿抱回自己家中，将自己的孩子送到太平庄上来，然后去报告屠岸贾。

屠岸贾正在为捉拿不到赵氏孤儿而焦急。忽听有人来报“赵儿孤儿有了下落”，立即让程婴进来，询问道：“你是何人？”

程婴说：“小人是草泽医生程婴。”

“赵氏孤儿今在何处？”屠岸贾问。

“在太平庄上公孙杵臼家藏着。”程婴说。

“你怎么知道的？”屠岸贾狡猾地问。

程婴答道：“小人与公孙杵臼曾有一面之交。我去探望他，见他卧房中绣褥上，躺着一个小孩儿。我想公孙杵臼已年过七十，从来没儿没女，这个孩儿是哪里来的？我说：‘这孩儿莫非是赵氏孤儿吗？’只见公孙杵臼顿时变了脸色，不能应答。以此小人知道赵氏孤儿就在公孙杵臼家里。”

“咄！你这小子，怎瞒得过我？”屠岸贾厉色道，“你和公孙杵臼往日无仇，近日无冤，为何告他掩藏赵氏孤儿？想来你是知情者。限你如实说出，倘有半点遮掩，先杀了你这贱民。”

程婴沉着地说：“禀大人，暂息雷霆之怒，且听小人说来。我与公孙杵臼原无仇恨，只因大人传下榜文，要将晋国内的小儿尽行杀死。我一来为救国内小儿之命，二来小人四旬有五，近生一子，尚未满月。大人军令如山，小人不敢不献出犬子，如此小人便也绝后了。我想告出赵氏孤儿，便救了晋国生灵，连小人的孩儿也得无事。所以小人今日特来举报。”

屠岸贾笑道：“哦，是了。公孙杵臼原与赵盾是一殿之臣，想来有这种事也是自然。来人，命令人马，同程婴一道，去太平庄上捉拿公孙杵臼便了。”

一时间，刀枪如林。屠岸贾带了人马，带着程婴向太平庄铺天盖地而来，将这太平庄围得水泄不通。屠岸贾问程婴：“哪里是公孙杵臼的宅院？”

“这里便是。”程婴答道。

屠岸贾说：“拿那个老匹夫来！”公孙杵臼被押到屠岸贾面前，屠岸贾又问：“公孙杵臼，你可知罪？”

“我不知罪。”公孙杵臼说。

“我和你这个老匹夫，还有那赵盾原为一殿之臣。你如今竟敢掩藏着赵氏孤儿，还不快快交出。”屠岸贾说。

“老大人，”公孙杵臼说，“我公孙杵臼就是有熊心豹胆，也不敢掩藏赵氏孤儿。”

“你个老匹夫，”屠岸贾说，“看来不打不招。来人，给我拣大棒子着实打！”

卒子们用大棒子狠狠地打公孙杵臼。公孙杵臼咬紧牙关，说道：“说我掩藏赵氏孤儿，哪个人见着？”

“是程婴告你来。”屠岸贾说。

“原来这程婴的舌头是斩人的刀斧。想你屠贼将赵家三百余口满门良贱诛杀净尽，今日却连个小孩也不放过，日后必遭雷击天报！”公孙杵臼愤怒地骂道。

“好个老匹夫！”屠岸贾说，“竟敢骂我。你将赵氏孤儿藏在哪里？从实招来。如若不然，定将你碎尸万段！”

“老夫宁死不招！”公孙杵臼咬紧牙关说。

被激怒的屠岸贾命卒子们将公孙杵臼踩在脚下。雨点般的棍棒重重地落在公孙杵臼身上，也落在站在一旁的程婴的心上。正在这时，屠岸贾突然叫道：“程婴！”

“小人在。”程婴答道。

“你看公孙杵臼这老匹夫，癞肉顽皮不肯认，可气可恼。这原是你检举的，就请你替我行杖来。”

程婴说：“大人，我是个草泽医人，扎针撮药尚且腕弱，怎么能行杖?”

“程婴,”屠岸贾说,“你不行杖,莫非是你有什么短处在公孙杵臼手里,怕他揭出你不成?”

“大人,”程婴说,“如此小人行杖便了。”于是程婴便去选棍子。那屠岸贾又说:“程婴,我看你把棍子拣了又拣,只拣着那细棍子,敢是怕打疼了那公孙杵臼吗?”

听了屠岸贾的话,程婴便丢了细棍,专拣一条大棍来,说:“大人,我就拿大棍子打。”说着便要动手。

“住手!”屠岸贾说,“刚才你只拣细棍子打,如今你又拿起大棍子来,若三两下打死了他,你就落得个死无对证。”

“大人,”程婴说,“我拿细棍子不是,拿大棍子又不是,好叫我为难也。”

“程婴,你只拿那中等棍子打。公孙杵臼老匹夫,你可知行杖的就是程婴吗?”

程婴边打边说:“你就快快招了吧!”

一阵棍棒直打得公孙杵臼痛苦难挨,呻吟着说:“哎哟,打了这一日,都不如这几棍子打得我疼,是谁打我来?”

“是程婴打你来。”屠岸贾说。

“程婴,”公孙杵臼说,“你怎的打我呢?”

“大人,打得这老头儿直说胡话哩。”程婴说,“公孙杵臼,你快快招了吧!”

“我招,我招。”公孙杵臼说完此话,便用眼看那程婴,

只见程婴惊慌得两腿打战。

“快快招来。”屠岸贾说，“可免你一死。”

“俺二人商议要救赵氏孤儿。”公孙杵臼说。

“哈哈，总算招出来了。”屠岸贾得意地说，“你说二人，一个是你了，那一个是谁？”

“你要我说那一个……”公孙杵臼欲言又止。

屠岸贾说：“程婴，这件事莫非与你有牵连？”

“那混蛋老头儿。”程婴说，“你休要诬陷好人。”

“程婴，”公孙杵臼说，“你慌什么，我公孙何时做过有头无尾的事？”

屠岸贾催问说：“你刚才还说两个人，怎么这一会儿又什么也不说？好恼人也，来呀，与我狠狠地打！”

正在这时，一个卒子跑上来说：“恭喜大人，在院子的土洞中搜出赵氏孤儿来。”

屠岸贾欣喜若狂：“快将那小崽子拿近前来，我要亲自动手，将他剁成三段！好你个公孙老匹夫，你说没有赵氏孤儿，这个是谁？”

“你个奸贼屠岸贾！”公孙杵臼愤怒地痛斥，“你诛杀赵氏全族，祸害国民，恶贯满盈。今日，这不足月的小儿你也不放过，苍天有眼，怎会饶过你这蛇蝎毒虫？”

“我见了这孤儿，”屠岸贾说，“不由得痛恨万分。想我屠某，为了这个赵家小孽种费了多少辛劳，今日总算称了我平生所愿。”说完，拔剑将小儿剁成三段。

站在一旁的程婴，紧闭了双眼，一时天旋地转，多少血泪只能流进肚里。

公孙杵臼抱起血泊中的尸孩，老泪纵横，哭道：“我那小儿，你死得何其惨也！我这七旬老翁能与你一处身死也是命里注定，只是你我到了阴间，也休要忘记为那死去的忠烈报仇!”说罢，冲出人群，撞阶而死。

这里屠岸贾笑着对程婴说：“程婴，这一桩事多亏了你。若不是你，如何杀得赵氏孤儿?”

“大人，”程婴说，“小人原与赵氏无仇。一是为救晋国众生，二来小人跟前也有个孩儿，未曾满月，若不搜出那赵氏孤儿来，我这孩儿也无活理。”

“程婴，”屠岸贾说，“你是我心腹之人，你就在我家做个门客，抚养你那孩儿长大成人。以后，他在你跟前习文，在我跟前演武。我也年近五旬，尚无子嗣，就将你的孩儿给我做个义子。我偌大年纪，今后的官位，也等你的孩儿承袭。你意下如何?”

“多谢大人抬举。”程婴说。

二十年后，赵氏孤儿被程婴抚养长大，大名叫程勃。因被屠岸贾认作义子，因此又叫屠成。二十年间习文练武，十八般武艺样样精通。屠岸贾如今又想借着屠成的威力，杀死

晋灵公，夺取王位。

程婴年已六十五岁，二十年来在屠府中精心抚育程勃，日夜不忘复仇之念。如今见程勃已长大成人，觉得此事应该让他知道了，为此踌躇辗转，日夜无眠。他将从前屈死的忠臣良将画成一个长卷，寻机向程勃说个明白。

这一天，程婴在书房中闷坐着，想起为这赵氏孤儿死去的烈士，想到自己死去的亲生骨肉，不觉掩泪哭泣。这时，程勃英姿勃勃地从教场演武回来，见程婴暗自落泪，便上前问道："爹爹，每日我来见您，您都十分欢喜，今日为何垂泪不止？莫非是谁欺负您了？对您孩儿说，我定饶不了他。"

程婴说："孩儿，你且吃饭去。"

"爹爹，您如此伤心难过，孩儿如何吃得下饭？"程勃说。

"如此，你去书房中看书，待我后堂中去去就来。"程婴说着，将长卷留在案上出去了。

程勃见爹爹留下一个长卷在案上，好奇地拿过来。"这是什么文书，待我展开来看看……哇，那个穿红的拽着恶犬，扑着个穿紫的；又有个拿瓜锤的打死了那恶犬；这一个手扶着一辆车，又是半边没车轮的；这一个自己撞死在槐树之下。这是些什么故事？又不写出个姓名，叫我怎能明白？"

程勃有心去问爹爹，只因爹爹去后堂尚未回来，便又独自展开长卷仔细看起来："这一个将军面前摆着弓弦、药酒、短刀三件，却用短刀自刎了。这个将军也引剑自刎而死。又有个医人手扶着药箱儿跪着，这一妇人抱着个小孩儿，像要交付医人的意思。呀！原来这妇人也用裙带自缢死了。好可怜人也。那穿红的也太狠了，又将一白须老头打得那般苦。这血泊中躺着的不知是哪家小儿，这白须老夫为何又撞死在石阶上……真真气煞人了。只是这故事到底说的什么意思啊，需待俺找爹爹问个明白。"

程勃正要去寻找爹爹，恰程婴走进堂来，说："程勃，我已听得多时了。"

"爹爹，请您说与孩儿知道。"程勃恳切地说。

"程勃，"程婴说，"你要我说这桩故事，倒也和你有关系哩。"

"您就明明白白地说与孩儿听来。"程勃说。

"你且听了。"程婴说，"程勃，这桩故事好长哩。当初那穿红的和这穿紫的原是一殿之臣，怎奈两个文武不和，因此成了对头。那穿红的暗地遣一刺客，唤作鉏麑，藏着短刀，越墙而过，要刺杀这穿紫的。这穿紫的老宰辅，每夜烧香，祷告天地，怀一片报国之心。鉏麑想：我若刺了这个老宰辅，我便是逆天行事；若回去见那穿红的，少不得是死。便自己触槐而死。"

"这个触槐而死的是鉏麑吗？"程勃问。

"对。这个穿紫的春间劝农到郊外，见桑树下有一壮士，

仰面张口而卧。穿紫的问其缘故，那壮士说他叫灵辄，因每顿吃一斗米的饭，主人家养活不起，便将他驱逐出来。他要摘主人家的桑葚吃，又被说成是偷，因此仰面而卧，等那桑葚掉在口中便吃，掉不到口中，宁可饿死，也不受人耻辱。穿紫的说，此人乃烈士也，遂将酒食赐予灵辄。灵辄饱餐了一顿，便不辞而去。程勃，这可见老宰辅的恩德。"

"哦。"程勃说，"这桑树下饿汉，唤作灵辄。"

"程勃，"程婴说，"你要牢记。西戎国贡进神獒，晋灵公将神獒赐予那穿红的。那穿红的正要谋害这穿紫的，便于后园中扎一个草人，与穿紫的一样打扮，草人腹中悬一副羊心肺，将神獒饿了五七日，然后剖开草人胸腹。如此练习数月。穿红的向晋灵公说，如今朝中有不忠不孝的人，怀有欺君之意。晋灵公问其人安在？那穿红的说，神獒认得。一天，这穿紫的正立于殿上，神獒赶得这穿紫的绕殿而跑，恼了太尉提弥明，举起金瓜锤，打死神獒。"

"这只恶犬，唤作神獒。"程勃说，"打死这恶犬的，是提弥明。"

"对。"程婴继续说，"那老宰辅出得殿门，正待上车，岂知那穿红的把那驷马摘了二马，双轮摘了一轮，车子不能前进。正当时，旁边冲出一个壮士，一臂扶轮，一手策马。磨衣见皮，磨皮见肉，磨肉见筋，磨筋见骨，磨骨见髓，捧毂推轮，逃往野外。这人就是那桑间饿汉灵辄。"

“您孩儿记得，原来就是仰卧于桑树下的那个灵辄。”程勃说。

“对。”程婴说。

“这个穿红的老贼好狠，他叫什么名字？”程勃问。

程婴说：“我忘了他的姓名。”

“这个穿紫的姓什么？”程勃问。

“这个穿紫的，姓赵。”程婴说，“是赵盾丞相。他和你还沾亲哩。”

程勃说：“您孩儿曾听说过有个赵盾丞相。”

“程勃，我告诉你的，你要紧紧记着。”程婴说，“那个穿红的，把这赵盾家的三百口良贱斩尽杀绝。只有一个赵朔，是个驸马，那穿红的诈传晋灵公的命令：弓弦、药酒、短刀，要他取一件自尽。其时公主腹怀有孕，赵朔遗言：‘我若死后，你添得小儿，可名赵氏孤儿，为俺三百口报仇。’然后，赵朔取短刀自刎。……那穿红的将公主囚禁府中，公主生下赵氏孤儿。那穿红的早差了将军韩厥把住府门，专防有人藏了赵氏孤儿出去。这公主有个门下心腹的人，唤作草泽医士程婴。”

“爹爹，您就是他吗？”程勃急切地问。

“天下有多少同名同姓的人，他是另一个程婴。这公主将赵氏孤儿交付了程婴，就用裙带自缢而死。……那程婴来到府门上，撞见韩厥将军，赵氏孤儿被搜出来。程婴说了韩

厥将军两句，谁想这韩厥将军也拔剑自刎了。”

“这将军为赵氏孤儿自刎身亡了，是个好男子。我记住他叫作韩厥。”程勃说。

“对，对，对，正是韩厥。谁知那穿红的得知，要将晋国内一月之上、半岁之下小孩儿都搜来杀死，必须杀了赵氏孤儿。”

程勃怒不可遏地说：“那穿红的好狠!”

“你且听我说。”程婴说，“谁想这程婴也生个孩儿，尚未满月，程婴将他假装做赵氏孤儿，送到太平庄上公孙杵臼跟前。”

“那公孙杵臼却是何人?”程勃问。

程婴说：“这个老宰辅，和赵盾是一殿之臣。程婴的孩儿假装做赵氏孤儿，送到公孙杵臼处，二人合计好。程婴报告了穿红的，穿红的将公孙杵臼三推六问，追出那假赵氏孤儿来。那假赵氏孤儿被剁作三段，公孙杵臼也撞阶而死。这桩事距今二十一年光景。这赵氏孤儿如今也长成二十岁，相貌堂堂七尺躯。只可惜冤恨至今犹未报，枉做人间大丈夫!”

程勃说：“您说了这多时，您孩儿如睡梦里。”

“原来你还不知!”程婴说，“那穿红的正是奸臣屠岸贾，赵盾是你祖父，赵朔是你父亲，公主是你母亲。我是存孤弃子的老程婴，那赵氏孤儿便是你!”

“哎呀！原来赵氏孤儿是我，真气死我也!”程勃晕倒在地，程婴急忙扶起他来。程勃从昏迷中逐渐醒来："原来我便是那一脉单传的……爹爹请坐，请受您孩儿几拜。"

程勃整冠理袖，恭恭敬敬地向程婴跪拜，说："若不是爹爹弃子舍命抚育孩儿，我早已剑下做鬼。可怜我赵家也就灭门绝户。恨只恨屠岸贾那老贼，他把俺赵门一姓诛，我也要还他九族屠！"

"小主人，"程婴说，"你要小声些，恐怕屠贼知道。"

"我和他不共戴天，哪怕他牵着神獒，拥着家兵，我也不惧。爹爹放心，到明日我见过主公和满朝的卿相，亲自杀那贼去。我要用铁钳拔出他的舌，用锥子生挑出他的贼眼珠，用尖刀细剐他浑身肉，用铜铡切掉他的头，祭我家那三百口冤魂和父母！"

次日，程勃奏知当今主公，要擒拿屠岸贾，雪父之仇。这时晋悼公在位，屠岸贾专权，晋悼公觉得屠岸贾兵权太重，恐有一时激变，便命上卿魏绛传令程勃，允他暗暗地自行捉拿。

这一天，程勃骑马挎剑在闹市中，等候屠岸贾出现。程婴随后接应着。一阵熙熙攘攘的声音传来，屠岸贾在兵卒的簇拥下正回他私宅里去。程勃一见仇人，热血冲顶，大吼一声，驱马冲向前去："老贼睁眼，看你赵爷爷拿你来了！"

屠岸贾一见，忙问："屠成，你来做什么？"

程勃说："老贼！我不是屠成，我是你杀不死的赵氏

孤儿！”

“谁告你来？”屠岸贾问。

程勃说：“是俺程婴爹爹告来！”

屠岸贾一听，魂飞魄散。他熟谙程勃武艺，见势不妙，夺路而逃，却被程勃一下拿住。程婴慌忙赶来：“谢天谢地，小主人拿住屠岸贾了。”

程勃令人将屠岸贾绑了，押着他去见主公。见了魏绛，程勃拱手道：“老宰辅，可怜俺家三百口沉冤，今日总算拿住屠贼！”

魏绛说：“屠岸贾，你这损害忠良的奸贼，今被程勃拿住，有何理说？”

“我成则为王，败则为虏。”屠岸贾说，“事已至此，唯求早死而已。”

程勃说：“请老宰辅与程勃做主。”

“屠岸贾，”魏绛说，“你今日要早死，我偏要你慢死。来人，与我将这贼钉上木驴，细细地剐上三千刀，皮肉都尽，方才断首开膛，休要让他死得早了。”

后来，晋悼公颁布了一道诏书，程勃恢复原姓并被赐名赵武，位列卿相；韩厥之子承袭上将职；程婴被奖给十顷田庄；公孙杵臼、提弥明等人受到褒扬。

（改写自纪君祥《冤报冤赵氏孤儿》）

壮怀激烈精忠旗

岳飞，字鹏举，出身农家，从军作战英勇无比，升秉义郎。

近来，岳飞闻金人已驻扎青城，逼近京师，国势危急，便派部将张宪去打探消息。张宪飞马来到岳府，岳飞问道："张宪，你打听得金人消息如何?"

"金人已把京城攻陷。"张宪回答。

"皇帝怎样?"

"徽、钦二帝俱被金人掳走。"

岳飞听后大哭起来，失声说："国家怎有如此大变！都因文臣爱钱，武将惜命。"说着，一下解开战袍，对张宪说："张宪，你用刀在我背上深刻上'尽忠报国'四字。"

"怕老爷疼痛。"张宪说。

岳飞愤怒地说："我岳飞死且不惧，还怕什么疼痛?"

张宪无奈，说："既如此，小人大胆动手了。"说着含

泪在岳飞背上刺上“尽忠报国”四字，一时血流如注。岳飞说：“与我用墨涂上。”

张宪揩干血迹，又在伤口中涂上墨，说：“老爷虽然立志报国，何苦忍此疼痛？”

“张宪，”岳飞说，“现在做大臣的人，都是面前媚主、背后忘君的人。我在背上刻此四字，就是要唤醒忘君背主者的耻心。你速去宗泽副元帅营前打听，他若兴师勤王，我们愿效一臂之力。”

张宪飞身上马，风驰电掣，一会儿便回来向岳飞报告：“宗老爷修书与各道总管赵野、范讷、曾茂三人，约他们合力勤王。”

“那三个怎样说？”岳飞问。

“他们仅说老爷不是。”

“说什么？”

“他们说老爷非狂即愚。”

“副元帅如今怎样？”岳飞问。

“他无人相助，也进兵不得了。”

“岂料副元帅也如此不得志。”说完，岳飞一下子瘫坐在帅椅上。

金兵攻陷汴京（今河南开封），掳走徽、钦二帝。金太祖第四子金兀术砺齿磨牙，还思南侵。他一面紧张备战，一面假意通和。随二帝一并被掳获的秦桧，常讲议和。秦桧夫人是个美貌女人，金兀术与她早已私情绵密，暗度陈仓。这一天，秦桧夫妇被金兀术的兵卒给唤来。到了宫门口，卒子说："太子有令，先请秦夫人到宫中。"

"如此，我且在外等候。"秦桧脸上堆着笑说。

秦夫人进到宫中，金兀术赠她一颗明珠，二人柔情似水，私语缠绵一番，才叫秦桧进来。

"太子千岁。"秦桧见了金兀术说。

"秦先生一向在此，力主和解。今有一事借重不知先生意下如何？"金兀术说。

"下官愿效犬马之劳。"秦桧说。

"今送你南归，与我大金协力通和。"金兀术说。

"谢太子恩。"秦桧说，"下官此行当从海上出发。一俟和议告成，即便报知太子。"

"我将明珠一颗、黄金千两赠你前去。"金兀术说，"若有好音，即速报我。"

金兀术送走了秦桧夫妇，便命令手下兵众将五匹马连在一起，名为拐子马；各军铁盔铁甲，全身装裹，刀剑难伤，名为铁浮图。轰轰烈烈直往南朝厮杀而来。恰似疾风扫叶，红炉点水，眼见大宋江山将尽归金人之手。

宋高宗即位，率众南迁，定都临安（今浙江杭州），建年号为建炎。秦桧南归后，伪称杀金人看守夺船逃回。朝中官员大都怀疑他，高宗却信以为真，并委以相位。

岳飞竭力主张兴师讨金，夺回二主，收复失地。他的想法与秦桧的力倡和议势不两立。

这一天，岳夫人见岳飞又闷闷不乐，便劝他道：“相公，我知道你平生忠义，但事已至此，只好听天由命，切莫作无益之忧。”

“夫人，”岳飞说，“独木难支将倾大厦，但我大宋朝就没有男儿吗？我岳飞一息尚存，与秦桧那奸贼不共戴天。”

夫妻正说话间，忽然皇帝派使臣来报：“圣旨下，岳飞接旨。”

岳夫人急忙回避，岳飞跪听宣读。使臣宣道：“皇帝诏曰：除凶翦乱，救民本仁义之兵；料敌出奇，命克必神明之将……特授尔少保兼河南北诸路招讨使，遂整我师，奉行天讨……”

“臣领旨谢恩。”岳飞说。然后他起身与使臣说：“强敌入室，主忧臣辱。既蒙圣上提拔，臣当尽心竭力。”

“如此，下官先行回奏，以慰圣怀，告辞了。”使臣说完走了。

岳夫人和女儿银瓶走上前来。岳夫人问：“刚才朝命为何？”

“圣上因为金兀术南侵，特加封我为少保兼招讨使之职，命我整兵御寇。”岳飞说。

银瓶说：“爹爹素有尽忠之志，所谓天从人愿也。”

“相公几时起程?”岳夫人问。

“钦命甚急，我就命孩儿岳云为前部，即刻便行。就此拜别。”岳飞说。

旌旗耀日，号令如雷。岳家军人奋马腾，浩浩荡荡出征迎敌。

秦桧对以岳飞为代表的主战派恨之入骨。说起岳飞便咬牙切齿，听到家中人误说一个岳字或飞字，或者其他音同字不同的，他也恼起来。这一天，他的奸党们纷纷来到秦府庆贺他南归。其中有谏议大夫万俟卨、侍御罗汝楫，还有中丞何铸。万俟卨带了精巧的苏州玉器和新兴罗缎十端，罗汝楫带礼南海大珠十颗。只因何铸两手空空，秦府家院公便不让他进府。何铸痛悔不已，向秦府院公乞求说：“小人愚拙。容补，容补。”

“一万个容补，不如一个伏乞笑纳。”秦府院公说。何铸从身上搜出二两银子塞到院公手中方被允进府。

见了秦桧，这三人个个满脸堆笑，摇尾乞怜，问：“禀丞相，不知恩相又在为国家忧虑何事?”

“今日与北朝通和事，列位如何见教?”秦桧说。

三人异口同声地说：“还是和的好，和的好。”

“老夫鄙见也是如此。只是还须寻些凭据才说得透些。”

何铸说：“孔子曰：‘礼之用，和为贵。’又曰：‘和也者天下之达道也。’这都是讲和的凭据。”

“虽说得是，然迂腐了些。”秦桧不以为然。

万俟卨说：“那些金兵难惹，咱们南朝人脆弱，杀不过他们，不如讲和，落得安静。再说，现在既有主上，又要二帝何用？”

“这样说也欠雅。”秦桧说。

罗汝楫最后说：“自古兵凶战危，胜负难料，况新都未定，战未必胜，败则可虞，不如南北通和，可保国家无事。”

“此论最当。只是人情不一，老夫没有个合力担当的。”秦桧引诱说。

“晚辈都情愿为丞相出力。”三人异口同声。

“哪个不出力的让他头上生碗大的疔疮。”万俟卨说。

“如此甚好。”秦桧说，“老夫今日设有家宴，三位俱是心腹之交，当共举一杯。”

“我三人正该孝顺恩相，今日得侍华筵，三生有幸了。”三人说。

酒桌上，三人附和着秦桧，骂起了岳飞。

罗汝楫说：“岳飞那厮，自恃本领，只要厮杀。总把个忠义二字挂在嘴边，难道我们就不忠不义？”

“此人若在，和议必不可成。”秦桧说。

“只是恩相太心慈了，所以做事不爽利。”万俟卨说，“恩相今后还要刚些。”

“好一个刚字。”秦桧说，“快取酒来答谢三位。”

激战前，岳家军习武正酣，个个奋勇当先，辕门内外士气昂扬。

岳飞一身戎装，威风凛凛地在岳云、张宪、王贵等将军的陪同下观看操练。见了眼前龙腾虎跃的场面，禁不住笑了，说："我岳飞心存报国，志欲平边。今蒙钦召御敌，饮血复仇，正是我岳家军保国救主的好时机，我等须拼性命去显出铜肝铁胆。"

"元帅忠义所激，我们情愿为国效死！"众将士纷纷应道。岳家军群情激愤。

岳飞对将士们命令道："你们就身披重铠骑马跳壕一番。"

众将士跃马扬鞭，杀声震天。岳云翻身上马，只见他左突右刺，飞壕越堑，突然间马失前蹄，岳云跌下马来。岳飞顿时大怒，说："平时操习不严，倘临大敌岂不误了大事？绑了！"众兵将岳云绑了起来。

"推出辕门斩首示众！"岳飞命令道。

众将士一听，急忙替岳云求情："小将军偶尔有失，望元帅容情。"

"若不将他斩首，谁肯去冲锋取胜？"岳飞说。

"禀元帅，昔日操练有错不过被捆打，怎么独到小将军身上反要处斩？望元帅宽宥这一次。"众将士乞求道。

"如今赴战在即，比不得平常操演，快与我斩首报来！"

岳飞执意要将岳云斩首。

“元帅必欲行刑，我等情愿替死！”众将士纷纷跪地。

岳飞见众将士苦苦讨饶，只得改命道：“念众将士拳拳之心，姑免死罪，发军政司捆打一百军杖。”

岳云被拖下，杖军棍一百后复回辕门，说：“多谢爹爹不斩之恩。”

“岳云，”岳飞命道，“你与我巡视军营，如有患病的军士，好生调治。”

“遵命！”岳云答应，转身去了。

“张宪，”岳飞又命，“与你令旗一面，查勘各营军士。倘有不遵军法的，取民间一丝一粒者，即刻与我斩首正法！”

“遵命！”张宪领了令旗走了。

过了一些时候，岳云先回来报告说：“告爹爹，孩儿巡视已毕。有几个患病的军士，孩儿亲自调药与他们服了。”

“如此甚好。”岳飞说。

此时，张宪押着一个军士走进辕门，说：“禀元帅，张宪查勘已毕。小人帐下有一军士取民间一缕麻捆军马草，即时斩首。又有王贵帐下一个军汉，夜来因民家失火，抢了芦筏一件遮盖粮车，他说是公事不肯服罪。特将他押来听候元帅发落。”

被押来的军士说：“这芦筏是小的拼命从火中抢出来的，怕下雨打湿粮车，用它遮盖，实是为公。”

"哇!"岳飞愤怒地说,"谁许你为公事便可违法,乘机抢掳?快绑出辕门枭首示众。王贵约束不严,发军政司捆打一百!"

众将士纷纷议论:"元帅爱兵如子,治军严格,真所谓情义如山。从今后,我们当多此情义,捐躯报国。"

几天以后,金兀术攻打常州,岳飞迎敌,四战四捷。金兀术又奔建康(今江苏南京)而来,岳飞便在牛头山设伏。当金兵经过此地时,岳飞选百名兵勇,身穿黑衣,混入敌阵,惊扰金兵,使金兵自相残杀、大败而回。

岳飞的女儿银瓶听到胜利消息,连夜绣了一面岳字旗送给爹爹。

皇帝为了嘉奖胜利,也特赐予岳飞精忠旗一面。岳飞将精忠旗当作帅旗竖立军中,将岳字旗作为先锋旗,从此金兵一见了岳字便失魂丧胆。

岳飞大败金兵的捷报传来,全国民众欢腾雀跃。正在西湖上游玩的秦桧,闻风丧胆。他生怕金主有失,急忙上岸打轿回府,决意设计杀掉岳飞,方解心头大患。

金兀术几次兴兵失败,这次便搬出了拐子马、铁浮图。岳飞吩咐,选步卒五千各备麻扎刀一把听候命令。

十万金兵铁盔铁甲,数骑相连,风樯阵马,气势汹汹。岳飞命令步卒道:"你们入了金人军阵,切勿仰视,只砍马蹄,去吧!"

岳军步卒手执麻扎刀，如鸟投林，冲入敌阵，杀得金兵人仰马翻。随后岳军大队人马四面出击，杀得金军落荒而逃。

金兀术侥幸活命，带了一小股人马逃回金营。

金兀术营帐中有一个南宋秀才，只因权臣当道，奇才难效，几被排斥，便来到金人手下干些文笔营生。见金兀术搔首长叹，便说："太子有所不知。自古未有权臣在内，大将能立功于外者。"

一句话说得金兀术茅塞顿开，便即命他给秦桧和秦夫人各写书信一封。将书信封入蜡丸，差人连夜遣送到秦府去。

秦桧看了信后，决计使岳飞休战，便说："我如今连发金牌一十二道，令他班师。他若再进兵，便以抗旨论罪。"

"如此方解得太子困危。"秦夫人早已看了金兀术给她的信，听了秦桧的话便附和说，"当权若不行方便，如入宝山空手归。"

岳家军追杀金兵到朱仙镇，驻扎下来。岳飞一面重金犒赏两河豪杰，加意安抚老弱妇女；一面吩咐将士修理残毁城池，谨守营垒，以防金人再犯。

岳飞眼见神州惨遭胡虏劫掠，生灵涂炭，对天而呼：

怒发冲冠，

凭栏处，

潇潇雨歇。
抬望眼，
仰天长啸，
壮怀激烈。
三十功名尘与土，
八千里路云和月。
莫等闲，白了少年头，
空悲切！

靖康耻，
犹未雪；
臣子恨，
何时灭？
驾长车，
踏破贺兰山缺。
壮志饥餐胡虏肉，
笑谈渴饮匈奴血。
待从头，收拾旧山河，
朝天阙。

忽报朝使飞马而来，岳飞命安排香案接旨。使臣捧一号金牌走进辕门，说："圣旨已到，岳家军跪听宣读。"岳飞

及众将士跪地听宣。

使臣宣道："诏曰，少保岳飞，久在行间，屡建奇绩，今特加尔太尉同知枢密院事，即日班师回京，以副朕眷。钦此。"

岳飞叩头接旨，说："请问使臣大人，贼势方张，下官连战俱胜，已报朝廷。汴京指日可复，便当奉迎二帝还朝，为何忽有班师之说？"

"这是朝廷旨意，小官不过奉旨而来。"朝使说。

岳云、张宪等一听，愤然问道："元帅，这是怎么回事？"

"十年之功，废于一旦！"岳飞慨叹地说，"皇上，皇上，不是我岳飞没用，是奸臣误了你呀！"

正在此时，金兀术又领兵来战。岳飞翻身上马，准备迎敌。使臣们上前阻拦，岳飞对使臣们说："列位使臣，且请馆驿安歇。一战之后，岳飞班师未迟。"

岳飞击退了金兵，回到辕门，又有持金牌的十一位使臣纷至沓来。一边贼势紧逼，一边圣旨难违。只听得十二道金牌使者宣道："圣旨，发下十二道金牌，敕取岳飞还朝。如再迟延，即以抗旨论罪，钦此。"

岳飞叩头，顿足大哭，吩咐大小三军，即刻班师。

两河豪杰韦铨、李通，领兵数十万与岳家军一同破贼。闻听岳飞班师，便来到岳飞帐前，欲伏剑先死。

岳飞含泪对韦铨、李通说：“你们且随我一道去南朝，另图再举。”

“我们后生还跟得上。”韦铨说，“那些老幼如何去得？”

父老乡亲纷纷前来辞别。霎时，哭声震天动地。岳飞只得让妇女老幼先行，岳家军殿后，撤军回南。

金兀术乘虚直入，刚刚收复的河南各州又都沦于金人铁蹄下。金兵所至，烧杀淫掠，一片刀丛火海。

枢密使张俊，素与岳飞有隙，总想寻机杀掉岳飞。这一天，他被召进秦府。一落座，秦桧便说：“议和原是为国为民，诸将皆不响应。若非枢密一力担承，老夫便没个帮手了。”

张俊早明白秦桧的用意，便趁此因风吹火，说：“他们为将的，不从大处计较，只管要向前厮杀，无非是贪恋兵权，哪个能像太师实心为国？”

“哈哈……”秦桧笑着说，“区区小事，只有枢密说得透。老夫见枢密大才，所以奏过宫里，悉罢诸将兵权，专付枢密掌管。”

“太师提拔，此生当报。”张俊感激地说。

“张枢密曾与岳飞招讨同列，一定是与他志同道合的了。怎么他却屡屡阻我和议？”秦桧故意试探张俊说。

“休提起那畜生。”张俊说，“晚生与他仇恨久矣。绍兴四年，金兵犯淮西。淮西是我的分地，与岳飞有何相干？他

偏卖弄本事，打退金兵，岂不是故意出我的丑？”

“闻得枢密那时坠马伤臂，进兵不得。”秦桧狡猾地打圆场说。

“此后那厮便每每狂妄出战，痴心立大功。”张俊说。

“枢密放心。”秦桧说，“如今商量个计策，杀掉那畜生，方保得和议永久。”

“恩相有此盛意，下官敢不仰体？”张俊谄谀道。

“不知枢密有何妙计？”秦桧问。

张俊附秦桧耳旁说：“他部将王贵、王俊都与岳飞父子有不解之仇，叫他俩捏情出首。先将张宪严刑拷打，逼勒成招，然后拿他父子，使他们自相攻发，主上便不疑了。”

“妙！妙！那出首文状怎么写？”秦桧问。

“晚生已写在此。”张俊说完将文状递过去。秦桧看后，说：“妙！妙！那两人何在？烦枢密唤他们前来。”

“已在相府门首，待我唤来。”张俊去门首唤进了王贵、王俊。

秦桧对二人说：“我久闻你二人憨直忠勇，如今张枢密大力举荐，指日便大用了。”

“不敢。”二人答。

“你二人是来出首的？”秦桧问。

“是来出首的。”王俊早已为张俊收买，见秦桧问，便应道。

“有什么事出首？”王贵迷惑不解地说。

张俊出示首状说：“是张宪营还兵权事，你二人已有首状了。”

王贵更加糊涂，说：“我哪里有这首状？这是怎么回事？张宪营什么兵权？”

秦桧说：“你状上明明写着张宪谋据襄阳营还岳飞的兵权，怎么又说没有？”

“王贵，”张俊说，“颍昌之战，那岳云说你怯战，几乎将你正法；民家失火，你帐下卒取民芦筏被岳家父子杀死，你又被杖责一百。这样的深仇，你都忘了吗？”

“赏罚公，权方重。小人不能昧了良心，讥刺岳家。”

“亏你是为官的，看不出太师的主意。”张俊说，“你切不要固执太甚，升官入土两条路，你何去何从？”

“此事断然难从！”王贵说。

“你当真不从？”张俊问。

“怎么不当真？”王贵说。

秦桧大怒道：“既然王贵不从，也串入张宪一起，先将他敲死！”

“岳公啊，岳公！”王贵悲叹说，“不是我王贵负你，事到此间，我只得顺从了。”

“恩相，他两人都出首了。”张俊拍手道，“先去拿张宪来，打问成狱，不怕岳飞不认。”

“就烦贵衙门拿来打问。”秦桧说。

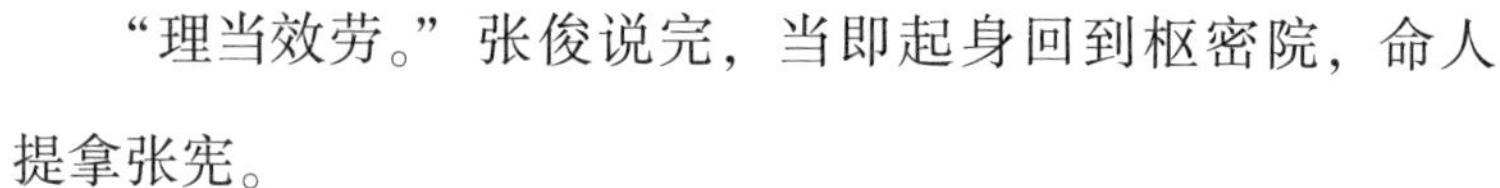

“理当效劳。”张俊说完，当即起身回到枢密院，命人提拿张宪。

杨存中奉旨逮捕岳飞父子。他不忍岳飞受极刑，便将校尉哄退，独自进了岳府，劝岳飞自裁。岳飞执意不肯，笑笑说：“我想皇天有眼，必不使忠臣冤陷，此行倘保生还，尚要与国家报仇。”

杨存中无奈，只得唤来校尉，给岳飞、岳云戴上枷，岳夫人、银瓶与他父子抱头痛哭，洒泪相别。

随后，秦桧派了一帮人将岳家书札信件尽行搜去。

大理寺丞李若朴受秦桧之命审问岳飞的案子。他非但不审，反找上秦府为岳飞鸣不平，说：“岳飞乃为我宋家忠良，有何大罪?”

秦桧说：“他前次逗留不进，又有营还兵权的私书。”

“圣上赐他精忠旗一面，这怎么说?”李若朴问。

“圣上赐旗，也是一时之兴。”秦桧说，“动口便说什么精忠，他明明是谋反。”

“他原本是精忠!”李若朴说。

“是谋反!”秦桧说，“原来你是个迂腐的酸儒，这等无用。”

李若朴摘下纱帽，说：“让我李若朴去陷害忠良，莫如弃了这官，保我的一副香骨。”说完，掷了纱帽，愤然离去。

秦桧又将此案委给何铸。何铸一听，只推有病，对前来的差官说："你就说我告了假了。切莫说我不肯问。"

万俟卨深知这是秦桧极要紧的案子，便主动要求审理此案。他先命给岳飞、岳云、张宪戴了头号刑具，又选了精壮有力的皂隶，待一切准备停当，便将岳飞、岳云、张宪押上来。

"你身上的罪过太多，须一一招认，以免受刑法。"万俟卨见了岳飞说。

"我身上只有尽忠报国四字，不忠的事怎么肯做？哪有罪过？"岳飞镇静地答。

"这四个字在你背上，不在你心上。岂不是罪？"万俟卨说，"你既尽忠，当日奉旨援淮西，你到了舒、蕲，为何逗留不进？"

"当时有御札传来君王命令。"岳飞说。

"拿御札来我看。"万俟卨刁难道。

"御札都让你们搜去了。"

"没有御札，怎说是君命？矫称圣旨，这又是一宗罪案了。左右，与我着实敲一百！"

岳云、张宪争着代受杖刑。万俟卨说："你二人自身难保，还要替他？"

"情愿加倍受刑。"岳云、张宪说。

万俟卨不允，皂隶们挥舞刑杖打到岳飞身上。

其后，万俟卨又罗织捏造岳云给张宪的信，使张宪虚申探报恐吓朝廷的罪名。岳云、张宪宁死不屈。于是，万俟卨造了一个伪招，替押，交到了秦桧手里。

枢密副使韩世忠，听秦桧欲加岳飞等如此大罪，愤然找到秦桧，诘问道："敢问丞相，岳飞之狱，何之为凭？"

秦桧说："枢密有所不知，岳飞常诳言他与太祖都是三十岁节度使，这是指斥皇帝了；寇犯淮西，前后受十七道皇帝的诏令，他却拥兵逗留；其子岳云与张宪私书，营还兵权，这都是该斩的罪。"

"那书上如何写？"韩世忠问。

秦桧说："书虽不明，其事体莫须有！"

"唉，'莫须有'三字何以服天下！"韩世忠悲叹不已，说，"如此看来，忠良的下场也不过如此，要这冠带何用？"

韩世忠从此解了冠带，身边只带一个小童，骑上蹇驴，浪迹湖光山水去了。

狱中的岳飞，整日哭二帝，痛斥投降分子。他暗恨不能死于抗敌的沙场，却死于祸国奸贼之手。

岳飞下狱后，大理寺丞何彦猷、大理寺卿薛仁辅都说岳飞无辜。另有百人联名保释岳飞，案子一时不能了结。

秦桧每日似热锅上的蚂蚁一般，深恐夜长梦多，便手书密令，要讨岳飞一个气绝。他唤来狱卒隗顺，许他以重赏，要他务必暗暗行事，不可有半点泄露。

这一天，狱卒隗顺奉死命执行秦桧手谕，秦桧限他晚三更回报。他万般无奈，只得将岳飞唤出。

岳飞见隗顺不住地啼哭，心中早明白了八九分，说："你有何话说？"

"小人不好说。"隗顺哽咽着说。

"有何不好说。"岳飞道，"无非只要我死罢了！难道我岳飞怕死不成？快快说来。"

"岳老爷，"隗顺说，"这也不干我的事。刚才接得秦老爷手书，吩咐我在今夜三更前结果你的性命。特请你出来，做个商议。"

"原来如此，只一死便了。"岳飞说，"只可恨奸臣当道，国耻不能报，我死不瞑目。"

"好个岳老爷，你到了这样地步，还只想着报国呢。如今已是三更了。"隗顺说，"非是我催逼，只是秦丞相的性儿，您是知道的。"

"无须多言，待我拜辞二帝与圣上便了。"岳飞拜罢，取过隗顺手中短刀，从容自裁。

万俟卨闻岳飞自裁，来验明尸首后，即又奉秦桧命监斩岳云、张宪，并命刽子手割下二位英雄的头悬起示众。

布衣刘允升，自岳家父子陷狱，便将他们的冤情写成传单四处散发，并上书皇帝，代为申冤。今又听得万俟卨监斩，便赶来法场，听说岳云、张宪已就刑，失声大哭，然后

痛骂奸贼一阵，撞死在人前。

岳夫人听到岳飞父子的噩耗，将孙儿岳珂托付给苍头，与银瓶双双跳井而死。岳飞还有四个儿子，岳雷、岳霖、岳震、岳霭均被发往岭南，途中生死不明。

隗顺见岳飞尸首经万俟卨验明后，不见发落，心中不忍，乘夜半无人，将尸首偷偷背到城外北山九曲蘘祠附近。解下岳飞身上佩戴的玉环，作为日后见证。掘开地面，将岳飞尸首掩埋，又移来近处两株小橘，植于冢上。

岳飞死后，南宋差何铸为通和大使，对金献表称臣。割让唐、邓、关、陕各州给金。金兀术令其帐下，一面办羊酒欢宴，再传示各营帐房头领及远近部落，并阴山黑河一带部长，俱要羊酒贺喜。

秦桧作恶多端，毕竟天道好还。自岳飞死了之后，南宋人民更加痛恨秦桧等一群奸小。秦桧在一片民怨沸腾当中坐卧不宁，终于一命呜呼。

岳珂长大后，受封为官，并承圣命为岳飞隆礼改葬。岳飞被后帝赐太师号，谥忠武，追封鄂王。

（改写自冯梦龙《精忠旗》）

申王合家化鸳鸯

申庆在成都做官。其妻王氏，梦见自己吞食了一朵彩云，后来便生下了申纯。申纯长到弱冠之年，生得一表人才。他八岁通六经，十岁能做文。

王氏有个兄弟王文瑞，在眉州（今四川乐山）做通判。他妻子赵氏梦见天上仙娥摘了一朵娇艳的仙花给她，后来生下一个女儿，所以他们就给女儿起名叫作娇娘。如今小姐年已二八，才貌端妍。

申家派申纯去舅家问安，顺便探取亲事。

申纯到了王家，与娇娘一见钟情。为了娇娘，申纯在王家逗留了一个多月，与小姐常相会于中庭。只是小姐似真似假，如迎如拒，去之则近，即之又远。申纯整日低眉惆怅。娇娘常想："人生大幸，无过才子佳人共谐姻眷。"为此她决心自求良偶，希望寻得个同心子，生同舍、死共穴。那日见了申纯，见他是个可托付终身的人，为此，娇娘多日来心

上眷眷若有所系。

一日，牡丹花开，春意惹人。申纯见娇娘正在院中看牡丹，便走上前去，作揖之后，问道："请问姐姐在此看什么?"

娇娘一惊，见是申纯，低头不答，径自去看牡丹。申纯又说："姐姐，你看院中的几株牡丹，欲开未开，似有惆怅之意。我不揣冒昧，题诗二首在此。"说完将诗送给娇娘，娇娘仍是低头不语。此时，忽听丫鬟飞红叫小姐，娇娘急忙接过诗稿藏在袖子里，慌忙跑了。

申纯孤零零一个人，便将自己的衷肠作成一首诗，题在中庭的绿窗上。

次日，一夜难眠的娇娘被丫鬟飞红拉到院子里散步，见了绿窗上的诗。娇娘低声读道："日影萦阶睡正醒，篆烟如缕午风平。玉箫吹彻霓裳调，谁识鸾声与凤声。"读罢，心中赞叹不已，明白他作此诗是暗示无人知音。飞红说："这后生卖弄才学，姐姐也和他一首。"于是娇娘和了一首："春愁压梦苦难醒，日迥风高漏正平。魂断不堪初起处，落在枝上晓莺声。"

申纯回来，见了和诗，字字幽香，句句含情。第二天一早，便以谢诗为名，直来到娇娘的绣房。此时，娇娘正在梳妆。申纯说："姐姐好诗，我万做不得这等好诗。"

娇娘羞怯道："哥哥莫要嘲笑。"

申纯见了妆台上娇娘用作描眉用的灯烬，问道：“敢问姐姐，这是灯煤还是烛花？”

“这是灯花。”娇娘说，“我特意积攒了这许多。”

“灯花真乃有福之物，我还不如它。”申纯说。

“此话怎讲？”娇娘问。

申纯说：“这灯花与姐姐日夜相伴，为姐姐泪尽成灰，姐姐用意收留，岂不比我有福吗？”

几句话说得娇娘脸红耳热。申纯又说：“我愿讨一半去写家书，不知可否？”

娇娘点点头表示答应，申纯便动手去取。不小心灯花掉在了他的衣袖上。娇娘牵过衣袖，用手为申纯擦拭。申纯笑着说：“擦它干什么，只当做姐姐送我的礼物岂不更好？”

娇娘一听，甩掉申纯衣袖，嗔怒地说：“我与你只是兄妹之谊，何苦将我这般奚落，待我向爹娘去说……”说完就要走。

申纯急忙抓住娇娘的衣服，跪地求饶道：“好姐姐饶我吧，我再不敢胡说八道了。”

“我要是不饶你呢？”娇娘故意说。

“那我就一直跪到明天也不起来。”申纯说。

娇娘心疼不过，伸手扶申纯起来。申纯就势将娇娘搂住。娇娘慌忙推开他，退后几步说：“申生，你的心曲我明白，我的衷肠你可知道吗……”

几天以后，一个寒风料峭的上午，申纯闻知娇娘在暖阁中拥火，便决定去找她讨个究竟。他手里拿了一枝梨花，见了娇娘，将梨花往她面前用力一掷。娇娘一惊，随后慢慢拾起梨花说："哥哥为何弃掷此花？"

"花泪盈盈，知其意何在，所以弃了它。"申纯说。

"只怕是人心还没有花容久。"娇娘说。

申纯说："我自从见了姐姐，终日魂不守舍，总想与姐姐一诉衷肠而不可得。我看姐姐言语态度，亦非无情。然而每到言深情浓时，姐姐都变脸推我。今日一言，小生便要归家去。"

"我知兄心已久，只恐不能始终。"娇娘说，"自你来后，我便寝梦不安，饮食俱废，你哪里知道。"

"姐姐既有此情，为何拒绝我？"申纯问。

"岂不知男女婚姻，当图长久。"娇娘说，"兄既有情，就该归告父母遣媒说合。"

"相思病染，朝不谋夕。"申纯说，"往返求婚，需要几个月，更何况万一议亲不允，可怎么办呢？"

"只要你我两人心坚，事终能成。若是不成，我当以死相谢。"娇娘说。

二人正欲密定佳期，赵氏却将娇娘叫了去，从此二人多日不得相会。

一天，申纯悄悄溜到娇娘绣房窗下，轻轻叩了几下窗子。此时娇娘正在对镜梳妆，见窗外影儿摇动，正待推窗看看是花是人，只听窗外有人吟咏起苏东坡思归的句子：“为报邻鸡莫惊觉，好留残梦到江南。”

娇娘听出是申纯的声音，便隔着窗子问：“兄为何思归，莫非哥哥前日之言是在戏我吗？”

“我岂无意？”申纯说，“若姐姐真情留我，我情愿在这里住上百年。”

娇娘更加贴近窗户说：“白天人多，不好说话。哥哥，室外有一小窗，可通我室。到晚上哥哥越过窗子，穿过荼蘼架，到熙春堂下，那里人稀花密，我与兄相会。”

申纯喜出望外，回到了自己书房，盼着天早点暗下来。可是今天太阳似乎故意与申纯作对，像是被粘在了天上一样，一动不动。申纯向它央求、唱喏、跪拜，一切都无济于事。好不容易挨到了黄昏，天上又飞来墨黑的云，不一会儿雨脚如麻，哗啦哗啦地下起来。申纯心中好恨：昨日不雨，明日不雨，偏偏今日下得这般殷切。雨水打落了梨花，滴碎了人心。

自从约会被暴雨所阻，不知何时才能再会娇娘，申纯心中闷闷不乐。一日陪舅舅王文瑞到邻家喝酒，借酒消愁，喝个烂醉，回到自己书房便关门大睡。娇娘让丫鬟去伺候老爷、太太，自己悄悄地来到申纯的书房门前。她推门，门掩得很紧，她便走到窗下，轻轻地叫道：“申生，申生。”

书房里悄无声息。娇娘便疑是申生无情，故意装睡，她恨自己太痴迷看错了人，含泪离去。

申纯愁怀难解，茶饭不想，几日下来便一脸病容模样。娇娘心中惦记，便过来问候："听说哥哥身染小恙，今日一见，你的脸儿果然消瘦了许多。还望哥哥解开愁怀才好。"

"我愁怀怎么能解？"申纯说。

"哥哥何不觅一太医诊视？"

"太医怎能治我的病？"申纯说，"除非姐姐，谁也救不了我。"

"我不会下药，怎么能救你？"娇娘说。

"姐姐岂是忘了暖阁中的语言？"申纯说。

娇娘一听其中有误会，便将那日申纯酒后之事说出。申纯立即剪掉头发，对天盟誓："你说我忘了你吗？这头上的青天可以为证。"二人疑念顿消，情意更加深厚。

一日，申纯忽然接到家书，催他星夜起程回家。申纯便趁月照东墙越过小窗，来到娇娘的绣房。娇娘惊喜异常，但听他是来告别的，便又哭起来说："哥哥，拥炉之约，我已铭刻在心，只盼哥哥早早办取聘书。"

"我今日匆匆别去，未知相见何夕。"申纯说，"两地相思，若不病死，也应想死。"

申纯含泪离了绣房，又向舅舅、舅母去辞行。

回到成都，申庆便问申纯："孩儿回来了。你到了舅家，怎么耽搁这么久？当初嘱咐你早早回来，你怎么忘了？”

“孩儿怎敢忘？”申纯向爹爹拜道，“只因舅舅舅母苦意相留，因此孩儿回来迟了，望双亲饶恕孩儿。”

“我叫你回来，”申庆说，“一是怕你飘零太久，荒疏学业；二来你已成人，听说你舅家有你一位表妹，尚未婚配，今日特派一媒人前去撮合。”

正说话间，媒婆来到，见了申庆，笑着说：“老员外，您唤媒婆有什么事？”

“我家小官人要求亲，劳你去眉州我舅子家，去替我儿求娇娘。”申庆说。

申庆让人送给媒婆数贯钱，几匹红绢。媒婆辞了申庆上路了。申纯急忙追上媒婆说：“媒婆慢行，慢行。”

“呀，小官人赶来做什么？”媒婆问。

“我有密情告你。”申纯说，“不瞒你说，我和小姐曾结三生誓愿。”

“原来新人倒是旧人了。”媒婆打趣说。

申纯掏出书信，递给媒婆说：“我有书信一封，求你密送给小姐。果得如此，我私下还有重谢，望你早去早回。”

王文瑞夫妇被请出来与媒婆见过之后，问道：“你从哪儿来？”

“我是从成都特差来求亲的。”媒婆说。

“你是谁家所差？”赵氏问。

“我是奉申家老员外命，为申家郎问亲来了。”媒婆说。

“哪个申郎？”王文瑞问。

“就是老爷姑爹家的申郎，与小姐恰是一对才子佳人，美满夫妻。”媒婆说。

“只一件。”王文瑞说，“我家小姐和申郎本是兄妹关系，怎好匹配夫妻？”

“这有何妨？”媒婆说，“申郎才俊聪明，是老爷素晓得的，招了这女婿，岂不是老爷的福分？”

王文瑞有些烦躁地说：“虽然他才华独胜，他日可向那龙门高聘。我家小姐无分与仙郎配这姻盟。”

“还望老爷答应这门亲事。”媒婆说。

“我主意已定，不必再提。”王文瑞说完甩袖离去。

赵氏听老爷此话既出，便对媒婆说：“此事还要媒婆向申家仔细解释才妥，莫以婚事不成为怪。”

“小姐在哪里？”媒婆说，“媒婆请见一见。”

娇娘在门边偷听，听见爹不允，心中像是压了块大石头。听到母亲唤自己，便擦了眼泪，走上堂来。媒婆走到她跟前低声说：“小姐，申郎有手书一封，让我送给小姐。”娇娘急忙将书信藏进袖里，然后又将自己的手书递给媒婆，哭着跑出门外去了。

申庆老夫妇俩满指望媒婆此去定能玉成亲事。媒婆回来那天，老夫妇俩高兴地将媒婆请进堂来，只听媒婆说道：

"员外休要生气，夫人切莫烦恼。我去说亲，几次三番，磨了半截舌头，舅爷只是不允。后来媒婆催得紧些，舅爷因而发怒，奴家便速速离开他家，走得我两脚好疼哟。"

王氏说："怎么，舅爷不从？"

"我算这门亲事，十分该有九分成的。如今不成，乃天数。"申庆沉吟片刻，说，"想他们是要选豪家成眷属，看不起我们旧亲戚。"申庆对身旁的申纯说："儿啊，我恐怕你不能够画阁上显峥嵘。你且趁着年轻，忙应举，待登科有的是好媳妇。"说完回自己的书房去了。

"只可怜那小姐。"媒婆对申纯说，"我一提起官人啊，她未语泪先流，说不尽的伤情话。如今有回柬送与官人。"

申纯以银谢媒婆，打发她走了。回到自己的书房，急忙打开小姐的书信，却是一首《满庭芳》，上面写道：

帘影筛金，簟纹浮水，绿阴庭院清幽。夜长人静，消得许多愁。长记当时月色，小窗外情话绸缪。因缘浅，行云去后，杳不见踪由。

殷殷红一叶，传来密意，佳好新求。奈百端间阻，恩爱成休。应是奴家薄命，难陪伴，俊雅风流。须相念，重寻旧约，休忘杜家秋。

申纯因此一病不起。为了再去见娇娘，便让媒婆送给巫

师二两银子，请他来为申纯禳解（禳解，祈祷除灾殃）。巫师说申纯中了邪祟，必到远方亲戚家躲避才好。于是，申纯又可到王家来。

娇娘听说申纯要来自家养病将息，喜不自胜。恰巧今日爹娘都到邻居王寺丞家去看花，便出了家门来到秀溪亭上翘望申纯早些来到。

申纯春风做伴，思人心切，脚底生风。远远望见秀溪亭上独坐着娇娘，三步并作两步，丢了行李，将娇娘紧紧抱在怀里。四目相对，凄然泪下。许久，娇娘才说："哥哥万福！"

"姐姐别来无恙？"申纯说，"姐姐何故独坐于此？舅舅舅母安在？"

"今日王寺丞家邀我爹娘去看花，他们晚上才归。"娇娘说，"闻你身体有恙，脸儿果然消瘦多了。昔日我爹不允你我的婚姻，兄今来何干？"

"为姐姐我愁病不起，拥炉之语如在耳畔。"申纯说，"为偕连理，我拚个死也值得。"

"哥哥心果如金石，我何敢有忘？"

申纯与娇娘携手回到王家。庭院深深深几许，绿窗上所题诗句濡翰如新，更令人伤心不已。忽然，门外传来声音："老爷太太回来了。"小姐急忙回避，申生急忙到中堂迎候。

"舅舅、舅母在上，外甥有礼了。"申纯见了王文瑞夫妇拜道。

王文瑞见了申纯说："闻听外甥有恙未痊，切须珍重，切须珍重。"

"蒙舅舅、舅母垂念，外甥没齿不忘。"申纯说。

赵氏说："归时馆舍如故，外甥还请将就些吧！"

"如此极好，如此极好。"申纯连声回答，从此便又在王家住下。

申纯好友陈仲游，生在豪门，长在贵族，善结交才人名士。听说申纯住在其舅家，便来到王家，一来问申纯的病，二来也是受人重托。

原来，西川（今四川成都市）节度使有个儿子，贪赌贪酒又贪花，终日与妓女厮混，一直想找个良家女子做夫妻。听说眉州王通判家娇娘绝色，特托陈仲游来到眉州王家说亲。

陈仲游见了申纯，将此事一说，申纯心中好不是滋味。忆起自己求聘不允，今又有豪门之子上门求婚，想来自己与娇娘的缘分似到了尽头。于是心中闷闷，每每见娇娘也冷面而过。

娇娘知道帅公子求婚的消息，本来心中不快，几次想与申生一诉衷肠，怎奈屡遭他冷落，料定申生心又生变，有负前盟。想来男子负心虽多，皆得两载三年，哪有转眼负心如申生的。

一日，娇娘正恨申纯，忽见申纯偷偷地向自己绣房走来，便佯装睡觉，面床而卧。

申纯今日特来诉说衷曲，见娇娘睡在床上，便用手轻轻推她，说："姐姐，怎么大白天还睡觉？"

娇娘猛地翻身坐起，满脸怒容，说："此乃妹子卧室，兄无事为什么到此？"说完呜呜地哭起来。

申纯连忙作揖道："是我得罪了你。我既为姐姐所弃，自知薄劣，从此不敢再到妆台。"说完转身欲走。

娇娘急忙抓住申纯的衣服，说："我昔日与兄恩情如此深厚，不想你转眼负心。"

"我怎敢有变？还是你女孩家情意不久，反怨于我。"申纯说，"我乃一清贫布衣，怎比那帅公子风流富贵？"

"休提起什么帅公子。"娇娘说，"自拥炉之语后，我便愿以身相许。"

"你我当于灵神前，赌下一个大誓如何？"申纯说。

"如此。"娇娘说，"后园中池，正望明灵大王之祠。此神聪明正直，叩之无不响应。"

说完，二人同行来到后园，双双跪地，对准明灵大王祠，拜道："申纯、王娇娘，我俩形分义合，生不同辰，死愿同夕。在天为比翼之鸟，在地作连理之枝。暮暮朝朝不暂离，生生世世无相弃。……皇天在上，望垂明鉴。"

同拜起唱：

低首拜神前，
办真诚，
铁石坚，
闲花媚柳无情恋。
今生枕边，
来生石边，
做的个鸳鸯同冢心欢忭。
负盟言，
灵神鉴取，
早死葬黄泉。

(俺两人啊)
并口说誓言。
美恩情，
胜似前，
想老天公定也从人愿。
来年去年，
衾边枕边，
拼三生记取这神前愿。
夜夜朝朝，

两情不变，

化作双飞紫燕。

二人盟誓之后，携手来到园中散步。申纯说："你和我悄悄地穿过这个芳径。"

"哪里去？"娇娘问。

"前面百花轩畔，深隐无人。"申纯说，"趁着那草铺绣叶成茵，百花影里交鸳颈。"

"羞死人了！"娇娘说，"自古道风流不在成欢幸。"

"还有一件。"申纯说，"我和你既为夫妇，今后休得再以兄妹相称。趁此无人之处，先叫你一声'娇娘我的妻'。"

"唉。"娇娘低低地应道。

"妻，你也叫我一声。"申纯说。

娇娘仍是低低地叫了一声："申郎夫。"

申纯答应了一声。二人就在花丛中成了夫妇之爱。

不知什么时候，赵氏和丫鬟飞红突然出现在不远处。申纯急忙撇开娇娘跑走。赵氏走到痴立在花丛中的娇娘身旁说："娇娘，你女孩家不在绣房中，来此干什么？"

娇娘半晌说不出话。

"你女孩家岂可独行无人之地？"赵氏又说。

"孩儿以后再不敢了。"娇娘说，"孩儿在绣房中坐久，身子困倦，来此看花消遣。"

“看花也须丫鬟们陪伴。”王氏说。她吩咐身边的飞红将娇娘送回绣房里去。她暗自想到，今日女儿言语态度非常，今同申生在此，四下无人，能做下什么好事来。于是决定第二天打发申纯回去。

第二天，娇娘听说要打发申纯，便来到他的书房，哭着说：“天啊，天啊！我王娇娘怎这般命薄呀？”

“事已到此，还望姐姐善自将息，以期后会。”申纯说。

“郎此去转眼是秋榜之期。”娇娘说，“只愿你一举高第，重遣人求婚。”

“功名成否在天，但姐姐深情，我断不敢忘也。”申纯说。

“感郎厚意，当忍死相待。”娇娘说。

帅公子日夜思念娇娘，听得陈仲游说小姐早就魂系他人，就一病不起，急坏了节度使大人。他问明原因后，欲请陈仲游去说媒。而陈仲游借故推辞，到峨眉山看佛去了。节度使只好另请媒婆去做媒。

王文瑞任满改调，带全家到了成都。申庆夫妇备了果酒，约好了到郊外的邮亭迎送，又特让申纯再送舅舅、舅母一程。

申纯专为娇娘而来，不想她的车子已经先行。申纯遂从小路赶上去，二人一路述说。临别时，娇娘赠申纯一条香佩留作纪念。

三年一度选场开，申纯才学高强，荣登高第，官授洋州司户。

王文瑞回成都不久，老妻赵氏不幸病死。当初申生求亲被他拒绝，今日申生少年登第，前程万里，便派丫鬟去申家，一来向申家贺喜，二来与他家相约，择日遣聘。

正在此时，节度使派来的媒婆也到了。王文瑞问明来意，说："媒人不知，这门亲事虽好，只是小女残妆陋质，难谐仙眷。"

"这怎辞得？"媒婆说，"他家已备下黄金千镒，白璧十双，彩缎百匹。这门姻亲，多少公侯贵女，求而不许，你怎么推辞起来？"

"只是寒门不敢相攀。"王文瑞说。

"亏老爷还是仕途上人。"媒婆说，"怎不晓得势利二字？令爱许了他家，那才是豪亲结好，荣华无限。"

王文瑞说："老夫要是不答应这门亲事呢？"

"你知道帅爷是武官。"媒婆威胁说，"他现有势剑铜牌，先斩后闻。只怕你今日不许，后日悔之晚矣。"

王文瑞屈服了，想："那帅家气焰，一省中谁不畏他？何况帅公子年少风流，女儿许他，也不算辱没。只是申生已有婚姻之约，现在也顾不得许多了。"想到这里，便对媒婆说："请回帅爷的话，他既俯求，我怎敢不允？"

申纯听了此消息，立即来到王家。王文瑞也正欲唤他前来向他解释。

娇娘见了申纯，一下扑到他的怀里，泪流满面地说："申郎，帅子求婚，我父迫于权势，已将我许他了。"

"这么说，"申纯说，"你爹爹将你复许帅家了？"

"古来多少才子佳人都能成双。"娇娘说，"偏你和我，受了这么多伤情苦，终不能成眷属。生愿不偕，死愿还在。"

"离合悲欢，皆天所定。"申纯说，"帅子既来求婚，亲期料应不远，我只好告辞。今生缘分从此决矣，你去侍奉新君。只望你常想起那西窗明月，花荫深处，恩情义重，休要忘了我啊！"说完哭了起来。

娇娘怒气冲冲地说："兄丈夫也，堂堂六尺之躯，乃不能谋一夫人。事已至此，难道你忍心让别人把我夺走吗？我既已许君，我身便是你的了。"

正在申纯、娇娘难舍之际，忽报申庆患病，催申纯即刻起程回家。

申纯此次走后，娇娘一下沉疴不起，渐渐地便露出将死的光景来。眠思梦语，只要一见申生。丫鬟飞红急忙去唤申生。申生连夜买舟，私乘船来，在河下等候。

飞红将娇娘扶下船来。申纯见娇娘一下病成这样，不禁失声大哭起来。

"申郎，"娇娘有气无力地说，"妾与郎相见，便以此身许你，不料今日竟不能如愿。"

“都是我命薄所致。”申纯说，“姐姐情意如山，我岂不晓？但既迫于严父之命，便暂从他氏罢了。”

“申郎，此话休再提起。”娇娘说，“你我曾设誓，说此事若不济，当以死谢。如今我这红颜拼得为君绝，死而不怨。但只一件，郎青云万里，择佳偶共享荣华，怎敌得起这番折磨？妾怕误了你的锦帐春风夜。”

申纯泪水不断地说：“姐姐，你到了这般时候，仍顾念我。”

娇娘晕倒在申纯怀里。申纯和飞红好不容易才将她叫醒。她说：“申郎，过去与郎泣别几次，只今日一别，便是永别了。”

“姐姐果为我而死，我断不忍独自活在世上。”申纯说。

“此生已休，但不知来世能否再与郎相会。”

船公几次催促，此时风顺，正好开船回去。

“千别万别，终须一别。”丫鬟飞红说。申纯和飞红将娇娘扶上岸去。申纯回到舟中，伏首船尾，泣涕而别。

“人欲求生生不得，我今求死死偏难。”卧病不起的娇娘说。

“小姐不该说‘死’字。”飞红说，“老爷指望小姐病起，与帅公子完成亲事。”

“休要提那帅公子！”娇娘说，“说起他家，我恨不能立刻就死。”

“小姐读书知礼，岂不闻女子未嫁，当从父命?”飞红说。

“我早就身许申生，虽有父命，怎能背我初盟。”娇娘说。

“可是，”飞红说，“听说申生归去，已与一贵族定了亲，现已将你送他的香佩寄回来了。”

飞红拿出申纯寄回的香佩。娇娘看见香佩说：“申生的心事我岂不知？他这是念我病重，故意使我断念于他。我固不惜一死以谢申生也。飞红，我有两首诗在枕席之下。我死后，你替我寄给申生，也不枉你我姐妹一场。”

说完，娇娘便咽了气。

申纯回到家后，整日痴坐不语。飞红将小姐的两首诗和香佩送到申纯家中，说：“我家小姐，不幸已亡。小姐有书和香佩在此。”

申纯听罢大惊：“小姐死了？天啊!”说完，一下昏倒在地。飞红急忙呼救：“哥哥苏醒！哥哥苏醒!”申纯慢慢苏醒过来，口中喃喃道：“无妨，无妨……”

“哥哥好生将息，小红回家料理丧事去了。”说完走了。

申纯看着案上娇娘的两首诗，想娇娘为自己而死，自己怎能独生？想到昔日与小姐的誓言，生不同辰，死当同夕，便拿起娇娘赠他的香佩自缢身亡。

王文瑞悔恨自己曾违亲议，便命将小姐的灵柩送到申

家，和申纯一并埋葬在濯锦江边。

清明节时，申庆约舅爷王文瑞同来坟边祭扫，浇酒洒泪。忽见一对鸳鸯飞来，原来是申纯和娇娘的精魂所化。只见那对鸳鸯，捕之不得，逐之不去，在濯锦江畔上下飞翔。

（改写自孟称舜《娇红记》）

朝阳丹凤一齐鸣

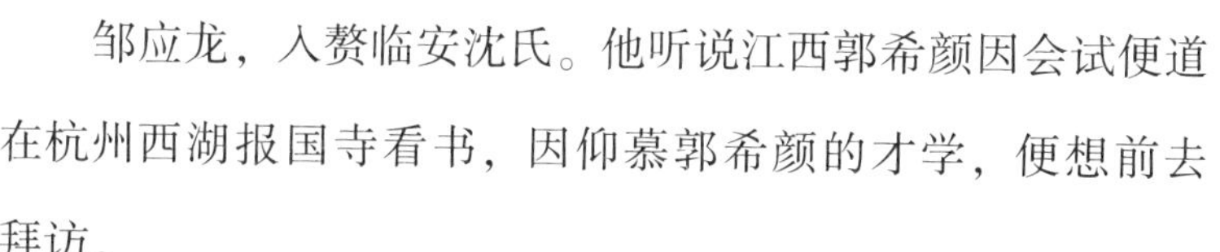

邹应龙，入赘临安沈氏。他听说江西郭希颜因会试便道在杭州西湖报国寺看书，因仰慕郭希颜的才学，便想前去拜访。

福建莆田青年林润，想找明师贤友点拨自己，不远千里来到西湖边，与邹应龙不期而遇。二人携手来到报国寺，拜郭希颜为师。郭希颜对邹应龙和林润说：“二位高才，不必拘弟子之礼。请回寓所看书，三六九日会文便了。”

拜过郭希颜出来，二人回到邹应龙家中。邹应龙对林润说：“林兄，小弟有言相告。你我千里有缘，小弟要与你结为兄弟。你就在我家住下，咱们朝夕相资，三六九日到先生处会文，不知尊兄意下如何？”

“承兄厚情。”林润说，“弟就与你死生患难相扶，事业功勋共建，不负初心。”

说完，邹应龙命小厮取香烛过来，二人对天而拜，结为

兄弟。

严嵩位冠群僚，把持朝政。这一天，严世蕃为父亲严嵩祝寿，将他请出来说："爹爹，今天是您的寿诞，孩儿聊备春酒，为您老人家祝寿。"

严嵩乐得合不拢口，说："今日是家宴，吩咐门上，倘若有各衙门官来贺，只收礼帖，免劳进见。"

刑曹赵文华，贪图名利，附势趋权，不惜吮痈舔痔。听说今天是严嵩的生日，特意差人浇了一对寿烛作为礼物，亲自送到严府。这寿烛外用金皮包裹，雕刻五彩龙凤，里面暗藏外国异香，点上烛后，百鸟皆来，香烟结成福寿二字。

严世蕃听说赵文华来到，忙对严嵩说："爹爹，这个人且容他进来。"

赵文华向严嵩拱手献上寿烛，说："老大人，我赵文华一则为大人华诞聊称寿觞，二来欲拜大人为父，少伸孝道。"

"哈哈哈。"严嵩笑着说，"如此就点上此烛。"

点上寿烛后，顿时香气四溢。严嵩说："呀！怎么异香满室，百鸟皆来，香烟结成福寿二字？果真是无价之宝！"

"可见老大人福寿天成，所以寿烛中亦显此祥瑞。"赵文华说，"老大人请上座，待儿子送酒。"

"赵文华，"严嵩说，"我门下唯有鄢懋卿最幸，今日你又在他之上了，明日就升你为通政。一应奏章，都由你执掌。"

河套地区战事告急。

太师夏言派曾铣收复河套。总兵仇鸾，素怀和戎之计，不肯发兵相助，反而送给严嵩白银三千两。二人内外勾结，陷害曾铣。

兵部车马司主事杨继盛，夙秉精忠，见事不公便奏了仇鸾一本，并带了揭帖到严府明告。严嵩拒见，杨继盛便来到通政赵文华家里，请他转达。

“敢是请吃酒？”赵文华见了杨继盛后，指着揭帖问。

“不！”杨继盛说，“这是学生上本的揭帖。请圣上赐览。”

“如今不叫本，而叫蟋蟀鸣。”赵文华说，“今日处世就如同蟋蟀一般，闭口深藏舌，安身处处牢。若要开口，便是催死了。”

“人谁会不死？”杨继盛说，“寒蝉鸣古木，便死也清高。”

赵文华冷笑道：“请问此本所奏何人？”

“是仇鸾。”杨继盛说，“他按兵不举，交通马市，叛逆显然。”

“咳，先生管那么多闲事干什么？”赵文华说，“如今做官若要保全爵禄，还是谨慎些好。待我打个关节给仇总兵，让他多将金帛送你。这本就不要上了吧！”

“老先生如此小看了下官！”杨继盛说，“不要说金帛，

就是三公之位，此心断然不改！”

“杨先生，”赵文华说，“你既不为利，也要避害。那仇总兵与我严相公感情最厚。此本一上，恐怕投鼠不成，误伤其器；画虎不成，反类其犬。那时后悔就晚了。”

“安得上方斩马剑，定要斩断佞臣头！”杨继盛愤然地说，“不要说有害，就是死，下官也在所不惜。”说完，揖也不作一个就走了。

河套形势越来越紧，仇鸾依旧按兵不动，气坏了夏言老太师。这日上朝，特召来严嵩和礼部尚书李本、左都御史周用商议此事。

“请问太师有何见教？”严嵩问。

“介溪公，”夏言说，“胡虏犯边，烽烟不息。督臣待救，帷幄无谋，都是你我二人的罪过。”

“太师，”严嵩说，“今日之祸，必是曾铣不遵朝命，贪功恋战，致使虏骑长驱而入。依我看，不如戒严将士，固守城池，以免丧师辱国。”

“介溪公此言差矣！”夏言说，“河套一方，沃野千里，你我既事圣朝，忝为宰相，岂能坐视丧师失地？”

严嵩说：“河套之失，咎在前人，皇上久厌兵革，我泱泱大国，何惜此弹丸黑子？曾铣，白面书生不懂军事。依我看，先斩曾铣，鞑虏自退。”

夏言大怒说：“严介溪！岂能如此草菅我耿耿忠臣？我

大明江山，就丧在你这等人的手里！”

严嵩被骂得无话可说。李本、周用忙劝说夏言：“太师息怒！太师息怒！”

夏言气呼呼地说：“待我明日奏过皇上，亲总六师，鞠躬尽瘁，死而后已。不必再议！”说完，拂袖而去。

严嵩受了斥骂以后，怀恨在心。他让心腹劾奏曾铣克减军饷，妄动失机。圣旨命拿曾铣进京斩首。夏言举荐非人，误国大事，皇上震怒。严嵩又乘机告夏言借图复地之机，每年逼取边军例银两万两，致使将士离心、丧师辱国，谤毁圣上，谋立东宫等罪名，欲置他于死地。因为夏言是老臣，自古未有首相典刑之理。于是严嵩又找来皇上的两个贴身太监，想让其从中帮忙。两个太监见了他，拱手说：“贺喜老太师。”

“老夫何喜可贺？”严嵩问。

“老太师还不知道？”一太监说，“皇上正要罢兵，见了你的和戎本，不胜欢喜；正要打醮（醮，请道士同坛祭祷以求福消灾的一种活动），见了你的修斋书，更加大喜了。明日就来召你监斋。道场完日，封荫三代。岂不是大喜吗？”

“多谢二位！”严嵩说，“请问二位祖籍是什么地方？”

“俱是大同地方。”太监说。

“近日有家信来吗？”严嵩问。

“没有。”太监说。

严嵩说："我也报你一信，又怕惊了二位。"

太监说："但说无妨。"

"近日鞑虏攻陷大同，杀了无数生灵。千里之内绝无烟火，想二位宅上俱被害了。"严嵩说。

"身为宫人，又绝宗族，岂不苦杀人也?"两个太监悲痛地哭了起来。

严嵩说："这都是夏言要用兵给二位带来的灾难。"

"如此说来，洒家的宗家是夏言灭的一般了。"一太监说。

"平日他不睬洒家，今又害洒家一门。后会有期，我们一定不会饶他。"另一个太监说。

"老夫承蒙二位扶持，无以为报。"严嵩说，"小厮抬礼过来。"家仆抬上一个箱子。严嵩接着说："这是荆扬好金二千两，送与二位买小菜吃。"

两个太监受宠若惊，说："这厚礼绝不敢受。"

"二位不必见外。"严嵩说，"若有人劾奏夏言，全仗二位在皇上左右因风吹火。"然后，他吩咐家仆将金子送到太监的私宅里去。

几天以后，夏言被皇上判了斩罪。怎奈文武臣僚多是严家羽翼，上下官员，钳口结舌，虽有忠直之臣也敢怒不敢言。

严家羽翼又奏请将罪人妻孥流放五千里外。圣旨下达，将夏言妻易氏并家小流放到广西全州安置。

夏言管家朱裁担心严家加害夏氏后代。因为夏言妾苏赛琼怀孕五个月了，若生一子，亦算不绝夏氏一脉。他于是到了夏夫人堂上，对夏夫人和苏赛琼说："老夫人、小主母，暂且不要啼哭。人无远虑，必有近忧。今日我老爷虽死，幸得小主母有喜。倘生得公子，也算对得起死去的老爷。我想那严贼定不会放过。"

"这可怎么办啊？"老夫人和苏赛琼惊慌地问。

朱裁说："待我与妻子二人今夜三更先领小主母逃出，潜归杭州，寻个仁厚长者侨居几时，待生了公子后再归江西。老夫人明日权奉皇命，带领几个仆人去全州。严贼见老夫人年老，又无侍妾相随，必不加害。日后遇天恩大赦，待小人与小主母迎归老夫人，再得团圆，岂非两全之计？"

老夫人说："此计虽好，只是我与赛琼相依为命，怎能舍得了？"

赛琼哭得泪人一般，说："就叫奴家与老夫人死在一处罢！"

"小主母差矣。"朱裁说，"生离死别，人生至苦。但还要识祸之轻重。今日离散，不过狼狈忧思之苦，其祸尚小。倘若小主母遭严家加害，夏家覆宗绝嗣，这才是最大的祸患。"

第二天，朱裁夫妻与苏赛琼出京，夏夫人被解送去了广

西全州。

杨继盛因劾奏仇鸾，反被奸臣陷害问罪，受尽严刑拷打，手指被拶折，胫骨被夹损。皇上谪贬他为口外边城典史，奸臣不容，又改贬他到广西宜山做了驿丞。夏夫人去全州，恰好经过这里。他听到消息，早几日便在驿前等候。今见夏夫人果然来到，忙将她请进驿中，说："太师冤死，学生已经知道。我们与那奸贼之仇不共戴天。老夫人一路行来，万般辛苦。广西乃荆蛮之地，夫人此去举目无亲，恐难存活。下官有个朋友叫张翀，是马平县人。他与下官交厚，况且马平与全州相近。待我修书一封，请他周济老夫人。老夫人且权居几时，谅必回乡有日。"

"如此多谢恩官。"夏夫人感激地说，然后带了书信，继续前行。

苏赛琼和朱裁夫妻受了万千辛苦，挨到临安。因她脚小，举步艰难。一天，她实在走不动了，便在桑林下稍作休息。一个年轻的采桑女见她相貌幽怨、情怀凄楚，一个男人远处站立，一个老妪不敢同坐，似有主仆之分，便上前来问道："小娘子，你是何家宅眷，为何到此？"

苏赛琼见眼前的女人相貌娴雅，便说："唉，一言难尽。"说完哭了起来。

"小娘子，不须啼哭，你且说个详细。"采桑女说。

"奴家苏赛琼，是当朝宰相夏公之妾。"苏赛琼说，"不料我老爷被奸臣严嵩诬陷典刑，妻小俱被流放广西。我老夫人怜我怀孕五月，恐严家中途迫害。”她指了指朱裁说，“这是我府管家，原是本地一个裁缝，见我家遭难，夫妻二人领我到此，欲投一个仁人长者，侨居几年，来日再图归家广西。”

采桑女人早已听得泪流满面，说：“奴家沈氏，丈夫邹应龙。近日家中蚕事匆忙，家无闲婢，不免自采一回。不料与小娘子幸会。我家宅外桑园之内，正有空房一所。你且权居于此，我让一个老妪陪伴你。朱裁夫妻自己营生，常来看顾，你意下如何？”

“奴家自然感激不尽。”苏赛琼说，“只是你我萍水相逢，我一未亡之妇，怎可投非戚之家？”

“小娘子，”沈氏说，“你既遇难避仇，不必拘此虚礼。我家官人忠义自持，你就在舍下住下吧！”

“如此就依姐姐。”苏赛琼说。

“重蒙大娘子盛德，我小主母就借居于此。留下我妻服侍，小人自到杭州做些生意。薪水之费，都是小人送来。”

沈氏说：“这个不用你操心，我家自有粗茶淡饭。”说完，沈氏将苏赛琼等领回家里。

严家害死夏言，多赖羽翼赵文华和御史鄢懋卿。严世蕃请二人到万花楼吹弹歌舞，痛饮一番，并赏以重金。

仇鸾奸谋败露，杨继盛遭贬不久便又升为兵部武选司员

外郎。他感戴天恩，决心舍身相报。他见严嵩父子秉政弄权、妒贤嫉能、卖官鬻爵，于是，在灯下草成奏章。只因手指被拶折，刚写两行，手指就流出血来。夫人见他夜深不寐，从里屋走出来，问道："相公为何写奏章？"

"这是国家大事，夫人不宜多问。"杨继盛说。

"妾愿相公为良臣，不愿相公为忠臣。"杨夫人说，"何况相公又不是谏官，何必引火烧身？"

"夫人，"杨继盛说，"食人之禄，当分人之忧。今日言路不通，若我坐视，严贼大恶何时能除？"

杨夫人说："但严嵩固宠君心，贿通内监，倘触犯天颜，恐祸有不测。"

"贪生害义，非大丈夫。杀身成仁才是奇男子。"杨继盛说，"倘我颈血溅地，感悟君心，能够剪除逆贼，得为夏、曾二公报仇，我杨继盛丧命九泉也瞑目了。"

"相公坚执如此，恐怕我夫妇死后无葬身之地。"杨夫人说。

"大丈夫在世，就该轰轰烈烈做一番事业。"杨继盛说，"我死后，我的尸首休要掩埋，下官还要尸谏。"

次日早朝时分，杨继盛携奏章到了午门。黄门官接了奏章转呈皇上。不一会儿，圣旨下：杨继盛以谪官怀怨、越职言事被判斩罪。内监又口传圣旨，如有大小官员奏饶杨继盛者，一同处斩。

行刑之日，正是十月天气，天上下着大雪，旗牌官和刽子手押着杨继盛来到法场。礼科给事吴国伦、监察御史王遴闻讯赶来与杨继盛永诀。见面后，三人抱头痛哭。杨继盛说："二兄不必痛伤。"

吴国伦说："老年兄，我和你从此一别，今生再无相会之期。弟有挽诗一首，以备我兄他日青史之助。"

"如此咏来我听。"杨继盛说。

吴国伦咏道："食禄分忧士，怜君独处难。囊头追孟博，断舌继常山。雪映心犹赤，风吹骨愈香。伤心千古恨，挥泪洒斜阳。"

"小弟次吴年兄韵，也赠一首，聊表吾兄忠烈之气。"王遴挥泪一把，咏道："仗节多臣子，从容就死难。忠怀吞瀚海，义气压衡山。魂断关河杳，名存草木香。丈夫无别泪，含笑赴云阳。"

就在此时，杨夫人携酒来到法场。她把酒放在地上，抱住杨继盛大哭。

监斩官在一旁催促道："奉皇爷圣旨、严府钧旨，速斩犯人，不得有误。"

"相公，"杨夫人说，"今日你死后，奴家存亡未卜。虽有一陌纸钱，恐无人烧化。今日将一杯别酒，聊尽夫妇之情。"

夫妇二人同时举杯，共饮诀别。围观者无不感怀悲痛。

监斩官又催道："奉皇爷圣旨、严府钧旨，犯人不得久留，如迟并罪。"

"相公，"杨夫人说，"你有家事欲言，说与奴家知道。"

"咄！"杨继盛怒道，"妇人好不懂事，我平生哪有家事？我浩气还太虚，丹心照千古。平生未了事，留与后人补。"

刽子手将杨继盛拖上断头台，刀起头落。一腔热血喷向白雪纷飞的天空……

杨夫人昏死过去，倒在雪地里。监斩官走到她身旁，许久才将她叫醒。监斩官说："杨夫人，死者不可复生，就请自宽慰吧！"

"我未亡人还有一言相告。"杨夫人从怀中掏出奏章，接着说，"大人，此本乃未亡人代夫明志，尸谏感君之本。烦大人转达天听。倘得剪除权奸，我夫妇万剐甘心。"

监斩官说："杨夫人，杨大人尚且如此，你一个女人，能济什么事？你还是息了这个念头吧！"

"我两两哀鸣如鸟怨。只苦难以面君。"杨夫人说。

"你情虽切，此本绝不敢帮你上。"监斩官说。

杨夫人说："大人既不帮未亡人上本，请略观一观情节。"

监斩官接过奏章看起来。

杨夫人从怀中抽出短刀，慷慨自刎。整个法场为之哗然。

监斩官回身见此情景，也不禁泣然涕下。

杨继盛的幼子和家奴流徙到居庸关外。

林润和邹应龙分别得中本省高魁。林润修书一封寄往杭州，相约与邹兄一同进京会试。忽闻海岛倭夷造乱，漳、泉二城已被攻陷，不日就到林润的家乡兴化。

原来江洋大盗汪五峰，一直横行于东南沿海，不想流芳百世，唯愿遗臭万年。近因大明宰相严嵩当国，贿赂公行，沿海守郡官员竟来劫掠他的珍奇宝玩，激怒了他，所以他亲率战船数千、倭夷数万一齐举发，开向福浙苏松等地面。攻占城池，掳掠男女玉帛。

林润听到消息，忙携妻子及弟投奔杭州邹应龙家。

苏赛琼到了邹家后不久，生了一个儿子，如今已长到了七岁。朱裁听说倭夷已攻破福建漳、泉二城，渐杀入内地，恐怕杭州也不能保，便找到了邹应龙，说："相公，昔日与小主母来时，本欲暂依几日，幸遇相公夫人洪恩，养育多年。今日公子已经长大了，岂无故乡之思？"

"朱大叔的意思是……"邹应龙问。

朱裁说："今遇倭夷之乱，谅江西内地必安。待小人服侍公子、主母归寻夏、易两家宗族。一则避兵，二则可延宗嗣。不知相公夫人意思如何？"

沈氏说："此见虽好，但我与赛琼数年相处，一时

难别。”

“娘子，朱大叔之言最为有理。”邹应龙说，“郭希颜是我恩师，今正丁忧（遭父母之丧）在家。待我修书，把他母子托付给恩师，必然得所。”

次日，邹应龙整备盘费，送赛琼母子及朱裁等人上路。

五月端阳节，严氏父子在御河楼船上，一边饮酒，一边观看龙舟竞渡。忽然，福建巡按差来的上本舍人来到船上报告说：“禀大人，倭夷杀入内地。漳、泉、兴化等城皆被攻陷，掳掠男女无数，烧毁民居，本处官兵不能拒敌，特来上本请兵。”

“咄！”严嵩怒道，“这厮好可恶。我国家一统无外，便是杀了几个百姓，烧了几间民房，算什么大事？没看我在这里游赏？如此大惊小怪，拿那厮去镇抚司监候。”

几个衙役把上本舍人押走了。也有沿海各科道将本直奏到御前，所以，当严嵩父子回到家，圣旨命他推举官吏总制督兵剿灭倭夷，毋遗后患。严嵩骂了一阵上本到御前的科道，然后与严世蕃计议举荐何人。

“爹爹，千里攻伐，责任非小。”严世蕃说，“倘举非人，不能成功。倘荐一智谋勇略之臣，成功回来，皇上必加殊遇。爵位既尊，必不受制于我，且与我并宠争权。”

严嵩说：“依我儿意见，欲荐何人为好？”

“以孩儿之见，就派赵文华总制浙直等处，督兵剿贼。”

严世蕃说，“幸而成功，是我心腹爪牙。将相同心，永无后患。不幸无功，他有应变之才。或广求些首级，或伪报些军功，蒙混奏上，定不让我父子多虑。还有一件好处。”

“什么好处？”严嵩问。

严世蕃说：“江南富贵繁华，赵公一去，可保金银宝玩满载而归，少不得一半是我家的。”

“哈哈哈！”严嵩大笑说，“孩儿，明日就升赵文华为兵部尚书，敕他总制江南水陆，远近官兵，听凭他调遣便了。”

赵文华根本不会打仗，当他听说让自己去督师驱逐倭患，心中却万分高兴。他觉得边功好立：“胜了，归功于我；若败了，只要广求些首级，也可塞责邀功。”督师途中，他以犒赏三军为名，调取金银无数。到了沿海，吩咐水兵停泊东海大洋。且待倭寇劫掠满载，再去攻伐，可以人财两得。吩咐陆兵沿路巡哨，遇倭斩倭，若无真倭，就杀几个疲聋残疾、面生可疑的百姓冒充倭头以作邀赏之用。

林润到了杭州，又与邹应龙一道上京会试，双凤齐鸣，二人今科并登进士。殿试之后，翰林学士郭希颜，差人去请他二人来家做客。邹、林二人来到堂上，跪拜恩师。

“二位请坐，看茶来。”郭希颜笑吟吟地说，“二位进京，本当寄居小寓。因有阅卷之责，恐涉嫌疑，不得相请。今蒙下顾，足见不忘故旧之情。”

“恩师，”邹应龙说，“学生二人久仰当时夏太师忠义高

风，死于非罪，恨吾生不能与他同死臣节。闻得他柩尚在城外寺中，欲去一拜。”

郭希颜说：“足见忠诚，下官就与二位同去。”

师生三人到城外西寺夏言的灵位前同拜。拜过之后，林润说：“听说杨继盛夫妇死后被人掩埋，墓地离此不远。不妨也去拜一拜。”于是三人又向西郊走去。途中，遇到一个瞎眼的妇女，她一边唱着“苏州歌”，一边乞求人们的施舍。三人心疼不过，便问起她的身世。原来她是扬州商人李氏的女儿，父亲在京开了个缎匹官店。严世蕃在店前经过，见她貌美，强逼为妾。父亲死后，家财尽被严世蕃占有。今严世蕃有十六个爱妾，见她色衰，对她万般凌虐。严世蕃的正妻怀恨她昔日受宠，便刺瞎她的双眼，将她赶出门外。

“竟有这样的事！”林润说，“严世蕃既无君臣之义，又败夫妇之伦，真是连禽兽也不如。”

邹应龙说：“这妇人，京中既无家，扬州你还有亲戚吗？”

“虽有亲戚，无目难去。”瞎妇人说。

“妇人，我下处在贡院西头张家。你明日到我下处暂住，倘有南归的乡亲，求他带你回去。”邹应龙说。

这时，在一旁站立的一个男乞丐走到他师生面前，跪地叩头后，说：“老爷且容禀。小人姓胡名义，江西袁州人氏。自幼与严世蕃结拜为兄弟。他父亲未贵时，多亏我家周济。

今因他父子权势，严氏的管家横行乡郡，将我家仅有一点田产占去。小人借了盘费上京，望严家能念昔日之情，或可还我田产。不意到此半年，不得相见。盘缠使尽无以为生，本想自尽，又念妻儿悬望；欲待还乡，路途遥远，只得做个乞儿，暂度几日，再寻归计。”

围观的人听了之后，纷纷说：“严世蕃这厮连朋友之伦也绝了，恶贯满盈，定不为天地所容也。”

“胡义，”林润说，“我寓所在贡院之西，你到此暂住。倘我同年中有先选江西者，央他带你还乡。”

“多谢老爷。”胡义叩头说。

三人愤愤地走回城里，正好路过严府，看到府门内黛眉歌舞，欢声作乐，心中更是怒火中烧。及到了自家门口，忽然身后有人叫住了他们。

“郭老爷拜揖，二位老爷贺喜。”来人说。

郭希颜问：“你是哪个衙门来的？”

来人说：“是严府大爷贴身的听使吏。”

“到此何干？”郭希颜问。

听使吏说：“特与二位新老爷说个私房话。”

邹应龙说：“所言公，公言之；所言私，我二人无私。”

“实不相瞒。”听使吏说，“吏部每一开选，必来请问我大爷。不拘大小官员，若有礼到我家者，必有好选。二位老爷若要好官与好地方，早早来通关节。”

“这等有权？”邹应龙与郭希颜、林润相互看了看说。

听使吏说：“不唯有权，而且有价的。”

“胡说！”邹应龙气愤地说，“难道朝廷官爵，让你家做买卖？”

“你若不信，现有大爷亲笔细账在此。”听使吏掏出一本账表给三人看，“你看，两京十三省地方都在这上边。某处要银多少，一目了然。”

邹应龙正待细看，林润抄过手中，说：“这厮卖官鬻爵，大伤朝廷体统。邹兄看他干什么？”说着将账表几下扯得粉碎。

“哇！哇！好大胆。大爷的亲笔，竟敢擅自扯碎了。”听使吏瞪着眼睛说。

林润说：“扯碎了便又怎样？”

“贤弟太性急了，留他上本才好。”邹应龙说。

“上本？”听使吏说，“夏秃头、杨无头，那就是下场。”

“打这厮！”林润愤怒地挥拳打向听使吏，被郭希颜劝阻住。郭希颜对听使吏说：“还不快走，在这里惹我们生气？”

听使吏一溜烟跑回严府去了。

严世蕃听了汇报后，拍案大怒：“敢如此无礼！”

“大爷，还有无礼哩。”听使吏说，“这两个新进士不来参谒大爷，反和郭希颜去拜那夏言、杨继盛的魂灵。”

“这畜生好不知死活！”严世蕃说，“快请我心腹鄢御史来。”

鄢懋卿来后，向严世蕃拱手道：“大人有何见教?”

严世蕃对鄢懋卿说：“你晓得吏部开选，必来请问我家。”

“这是相府旧规，万不可缺的。”鄢懋卿说。

“正是。”严世蕃说，“可恶那新进士畜生邹应龙、林润，打我差人，坏我体面。若不除掉他们，日后难保不受其害，你与我寻思一计，结果了他们，免得别人效仿。”

鄢懋卿思索了一会儿，说：“此事有何难?古人云：将欲取之，必先予之。目前北边鞑虏强盛，军士乏食。就选邹应龙为巡边御史，带银五千两去赏二十万边军。人众赏少，必然生乱。到那时，待我劾他克扣军饷、激变军心，岂不结果了他的性命?派林润去巡视云南荆蛮久反之地，必然遇害。倘幸回朝，再差往琉球日本，使他永无还乡之理。外人见此美选，又不相疑。此乃两个中伤之术，不知大人以为如何?”

“妙哉！妙哉!”严世蕃高兴地说，“此计不仅朝廷不知，神鬼也莫测。来人，就把我帖儿送到文选司去，叫他依此而行。”

第二天，朝廷敕命邹应龙和林润，即刻起程上任。邹、林二人深知严家明与阴斥之计，碍于身为新科进士，又有王命，只得南北分别。

林润说："邹兄，只因小弟没有涵养，触怒奸雄，并累吾兄，两处狼狈。望兄多加保重，养此有为之身，以待归朝之用。"

严府差官来送行。差官对邹、林二人说："多拜上二位老爷，大爷有事，不得亲送。"说完放下礼品走了。

"这厮口蜜腹剑。"林润说罢，将严府的礼物扔到门外去了。

礼部主事董传策和工科给事吴时来在都门外设宴为邹、林二人饯行。四人把酒含泪而别。

陪林润上京的弟弟回杭州报告邹、林二位夫人。

董传策、吴时来、兵部郎中张翀，见严氏父子害人如麻，国势难支，三人齐集董传策家，拟本联名劾奏严贼。正所谓三人同心，其利断金。

吴时来有一年迈老母，深明大义。吴时来很晚才从董家回来，进门后，对母亲说："母亲，孩儿与同僚议事，定省归迟，望母亲恕罪。"

"孩儿，"吴母说，"仕则慕君，正当以公务为急。但不知今日为何面带忧容？"

"母亲，"吴时来说，"孩儿执掌工科，朝廷兴造，差委孩儿点计王木。明日上朝之后，恐不能回来视膳问安，或有缺失。故孩儿心忧。"

吴母说："甘旨之奉，乃是小孝。但愿孩儿匡济国家，名扬于后，岂不胜于奉养?”

“虽如此，”吴时来说，“孩儿此去，谅有几日不归。今晚将一杯酒与母亲少叙。丫鬟将酒来。”

丫鬟送上酒来，吴时来连饮三杯，怆然涕下。吴母见儿子言行不同往常，心中一下明白，说：“孩儿，看你不胜悲痛，不是差点王木，想是要犯颜谏君了。”

吴时来哭得更凶，说：“孩儿不敢相瞒。今早与同僚相约，要劾奸臣严嵩。倘圣上不准，必九死一生。母亲孤身年迈，孩儿怎能不……”

“孩儿休说这话，也不须下泪。”吴母说，“我盼你做个忠臣义士。今日你为国除奸，我愿足矣，死又何憾?”

吴时来跪地为母亲磕头。

张翀回到家中，生怕自己临刑就戮，娇妻、幼子经受不住，吩咐家童收拾行装，准备送他们上路还乡。又吩咐院公预备一口棺木。一切安排妥当之后，请出夫人、公子告别。

张夫人见了张翀，施过礼后说：“妾闻相公备得棺木一口，将做何用?”

“昨见街坊老者冻死，欲要送他。”

“相公，”张夫人说，“他人冻死，相公尚且可怜。这等寒天冷月，为何送我母子还家?”

张翀一时语塞，遮掩说：“只因我考绩将满，当补外任，因此送你母子先去，下官不久即归。”

张公子听说要送他们回家，牵着爹爹的手说："爹爹，父子不忍相离，关山又难远涉。爹爹既补外任，待有了消息，一同回去有何不可？"

"孩儿，你不晓得。大抵为官要避嫌疑，不可挈妻带子。"张翀说。

"相公纵要奴家回乡，也应早择归期。"张夫人说，"今猝然之间，必有个缘故。莫不是相公被贬谪？"

"下官不曾有任何过错。"张翀答。

张夫人说："那一定是与同僚发生了争执？"

"下官和以处众，岂有此事？"张翀说。

"莫不是受命出征要去蛮荒之地？"张夫人又问。

"也不是。"张翀不耐烦地说。

张夫人说："奴家晓得了，一定是相公别有新欢，要把我旧日的糟糠抛弃。"说完哭了起来。

"夫人，"张翀说，"我岂是那种背信弃义之徒？我只怕家乡庐舍荒芜，父母想念孙儿，烦夫人先归去料理。"

张夫人听他说得在理，便不再追问，便说："相公，还有什么放不下的事情吗？"

"没有什么。"张翀说，"只是夏老夫人在我家近处，须要朝夕看顾她才是。"

张公子说："望爹爹早办归程，省得孩儿悬望。"

"朝中多故，归期未卜，我儿且不须望我，只要勤苦读书，日后做个好人。”张翀说完，心中暗想：朝中众臣多是封妻荫子，自己却抛妻舍子，只念自己平生所愿不只在妻孥之乐。倘能驱除奸佞，使天下夫妻母子都得安宁，便苦了自己一家也心甘情愿。想到这里，不禁暗自饮泣，与娇妻、幼子拱手而别。

他吩咐手下把自己的棺木先抬到锦衣卫前，并嘱自己死时，即时掩钉，以免见者生悲。

三人的奏章送上，圣旨批下，劾奏者拘锦衣卫每人重打八十，遣送边地充军。严府又威逼锦衣卫必置他们于死地。锦衣卫都指挥使朱希孝，念张翀三人皆忠义之臣，不忍他们死于非命，便发他们到各自的家乡，就近安置。吴时来遣定海卫；董传策遣金山卫；张翀以劾奏本头，皇上亲批榆林边卫，即时起解。

严氏祖籍江西。易家，有三千亩肥田，与严家相近，严家觊觎多年而不可得。易家中了一个新科解元易弘器，昨日到京。严世蕃见他相貌堂堂，嫉恨成病，必欲置他于死地。他与严嵩定下一计：将易弘器请来饮宴，许赏家奴彭孔以重金，教他认使女秋蓉为妻。先将易弘器哄得尽欢沉醉，留在书房过夜，锁上门。派彭孔先杀易弘器，后杀秋蓉。天明叫彭孔提两颗人头到兵马司告易弘器强奸良妇，并妻杀死。易弘器一死，田产自然归严家所有。

易弘器见严府招请，不敢不领其命。到了严府，果然被

哄醉倒。严府小厮遵命将他扶入书房睡下。

严嵩的表妹陆氏，孀居无靠，暂依严家，教小姐们针指。她趁严世蕃睡去，窃了他的钥匙，放易生逃走，自己投枯井而死。

郭希颜听说乡亲易弘器新中解元，来京会试，心中甚喜。可当他得知易弘器被严府叫去饮酒，一下紧张起来。他知道严家素与易氏有隙，岂能不生嫉妒之心？况且两京十三省解元俱在京师，为何独宴一人？他派家童去易氏寓所访问。二更时分，小童回报，易生尚未回寓所。郭希颜知易生落入圈套，便带着小童暗中去往严家。如易生被害，严家必乘黑夜埋灭尸首，倘见之时，就此揭发，明日也好上本。

路上，见一人慌张跑来。等到眼前，郭希颜认出是易弘器，迅速将他带回家中，掩上门。

易弘器抱住郭希颜大哭。郭希颜问过易弘器受害经过，说："闻严世蕃有表姑陆氏在家，想就是她救你了。可怜妇人有此大义，况为严氏亲戚，且肯舍身救人，益见奸贼之恶。下官虽无言责，明早将他罪恶，并杀兄致姑死节的事情，详奏一本。死也不辞！"

"大人，"易弘器说，"如今谁都知道本难上，大人也要谨慎才是。只是小生当此之际，京国不容，远道难归，不如拼得一死，也算为民除害。"

"易兄不可莽撞。"郭希颜说，"你在此会试，谅不能容；复归江西，又恐遇害。下官有个门生邹应龙，素有忠义，现在塞外巡边。你去那里投他，只说代我通信，相见之后，以实情告诉他。待他复命时你与他同归。下官明日舍身力谏，倘有不虞，谅邹生回朝，必与我报仇也！"

五更时分，郭希颜少助盘费，差人将易弘器送出城去。

邹应龙巡边，不但没激起军变，将士且为邹御史的忠诚所感，上下同心，军威大振。今日巡视已毕，复命还朝。到了居庸关，居庸关守备领将士迎接他。邹应龙问守备："你晓得昔年有个杨员外之子流徙在此关外吗？"

"爷爷问的莫非是杨继盛之子？"守备说。

"正是。"邹应龙说。

守备说："在此七年，今已长成。入在大同府学。"

"你与我请来相见。"邹应龙说。

守备说："爷爷，现在他乡试未回。"

"到此地方，不能恤忠臣之孤，吾有余愧也。"邹应龙说。

张翀被解差押着来到居庸关。解差说："张老爷，此处是居庸关上。闻邹御史老爷在此，必要到他衙门挂号。这是察院了，你我去跪一跪。"

解差叩头，报道："小人是解军犯的。"

邹应龙问张翀："你是哪里人？问到哪卫？"

"马平是我故乡，解往榆林戍边。"张翀说。

"为何到此边卫?"邹应龙问。

张翀答:"只因秉性憨直,违忤奸佞。"

"你是何等人,敢违忤奸佞?"邹应龙问。

张翀说:"小人原职署兵曹,忝列黄甲张翀是也。"

邹应龙惊讶地站起身说:"呀!您就是张翀老先生!失敬了,请起。"

邹应龙吩咐手下为张翀换了衣服,请张翀入了座,说:"下官曾见朝报,知大人与董、吴二公纠劾奸臣,反遭贬谪。大人,您三位可谓中流砥柱。今日受冤,与昔年杨继盛无异。"

"报爷爷,"守备向邹应龙说,"有个跪门的要见您。"

"让他进来。"邹应龙说。

易弘器走进门来,跪地叩头:"小生江西举子易弘器,求见御史大人。"

邹应龙说:"昨见试录,易弘器是江西解元,敢就是你吗?"

"正是小生。"易弘器说。他又将险被严家陷害的经过叙说一遍,最后道:"多亏郭大人既救小生,又恐归途遇害,特让小生投告台下,就此避难。"

张翀在一旁说:"那厮可恶,日甚一日了。"

"易先生,"邹应龙向易弘器引荐说,"这位是兵部张大人,也为纠弹严贼,谪戍在此。"

“给张大人叩头。”易弘器叩拜张翀。

“易先生大难不死，必有后福。请问夏老夫人易氏，是先生同族否?”

“她是我亲姑，多年前遭祸端，想来此生再难见。”易弘器说着哭了起来。

“易先生不必伤痛。”张翀说，“令姑流徙全州，与我家相近。向年蒙故友杨继盛见托，一应布衣蔬食，俱是我张翀供应。谅她晚景平安。我妻已归家，必时常看顾。”

易弘器感激地说：“大人不说，小人怎知?他日理当报答你的恩惠。”

“先生既是夏老夫人令侄。”邹应龙问，“向年朱裁送归小夫人、公子，不知今在何处。”

“俱在家里，重蒙大人抚养恩德。小生避难仓皇，未及拜谢。”易弘器感激涕零地说，“张大人抚我先姑，邹大人成我幼弟。今日俱在此会。”

“奇哉！奇哉!”邹应龙说，“今日之遇，若天使然。想是奸难大数将绝。明日下官回朝，尽言极谏，誓不与此贼俱生!”

翰林郭希颜将升侍郎之职，他却尽言极谏，把严家父子劾奏一本，愤然弃职归家。

圣旨批下：郭希颜诬谤大臣，私自逃匿，派人奉敕前往江西巡按开读。将他竟自枭首，传递京师。

郭希颜便道去杭州造拜邹、林两位夫人后，回到家中即被害。

监察御史邹应龙，巡视边卫，复命还朝。将严家罪恶一一条陈，不惜一死，痛哭君前，感动皇帝。刑科给事孙丕扬，为严嵩父子奸党盘根、罪恶盈贯，日夜劳心，访得真情实迹，一一详奏，亦拼死为国除此大害。

二人在午门前不期而遇，传命太监从午门出来说："昨日皇上辛劳。今早已不视朝，各官俱散去吧！"

"臣等俱是机密重情，不容少缓。"邹应龙和孙丕扬恳求说。

传命太监说："如此上前叩头，与你转达皇上。"

邹应龙、孙丕扬在朝房里等候。孙丕扬告诉邹应龙："邹兄，你才入朝，有所不知，赵文华夜饮归家，遇杨继盛阴魂暴死；鄢懋卿愤恨宠衰，疽发背而亡。"

"这都是恶报！"邹应龙说，"想来今日这事，事在必济。"

邹应龙、孙丕扬跪地恭候圣旨，传命太监从里面出来说："圣旨道：二臣所奏严嵩父子恶迹太多。岂无一实？使锦衣卫亲领官校，速拿三法司逐一究问。严嵩系老臣，或可放归免死。严世蕃、严鸿、严鹄等从重拟罪，勿得轻贷！"

邹、孙二人同声道："万岁！万岁！万万岁！"

几个校尉带着刑具走到邹应龙面前，问："御史大人，锦衣卫朱爷问，去严家拿哪一个？”

邹应龙咬牙切齿地说：“把他合门大小，统统拿来！”

此时，仿佛天空中有人大喊：“平生未了事，今日有人补……”

二人谛听，喊声久响不绝。邹应龙说：“奇哉奇哉！此是杨继盛当年临死之语。想他忠魂不散，今日我辈成功，他愿已遂矣。”说罢，二人望空而拜。

严氏一家被放归田里。严嵩有免死金牌。三法司将严世蕃拟成斩罪，皇上怜悯，改为南雄卫充军。严世蕃抗旨不去南雄，回乡后依旧横行乡里，差豪奴四路阻截搜捉告状的人。江西及邻近各省，民怨沸腾，朝野上下口诛笔伐。皇帝大怒，特差新升通政司参议邹应龙奉敕前去督斩。

当御史船行至扬州地面，忽遇漫天大雪。船工对站在船头的邹应龙说：“大人，河内冰冻，不能前进。”

邹应龙说：“初冰未坚，弟兄们，就与我破冰而进！”只见他站立船头，振臂而呼：“打开来也！”

“嗨哟！”众人应和。

“再打开也。”

“嗨哟！”

“你看万里冰山。”

“嗨哟！”

“渐渐开也。”

“嗨哟！”

“想是天公。”

“嗨哟！”

“行恶报也。”

“嗨哟！”

“冻死那奸臣。”

“嗨哟！”

“再不来也。”

“嗨哟！”

“齐用力也。”

“嗨哟！”

“向前开也。”

“嗨哟！”

船儿像一刃利斧，划破冰河，顺流而下。

（改写自明代戏曲作品《鸣凤记》）

仁人志士谱清忠

明代天启年间，阉宦魏忠贤擅权用事，残害忠良。东林党人吏部员外周顺昌，因秉性刚直，触怒魏忠贤，被削职放逐回老家吴县（今江苏苏州）。

一天，风寒雪冷，周顺昌听说好友文文起在京弹劾了魏太监一本，圣旨削籍，被遣回家。他愤懑填胸，一口气步出西郊，直奔竹坞别墅。过了西津桥，四面青山，一溪绿水，风光无限。正行走间，后边赶上来两位轿夫，轿夫说："原来是周老爷，您一定是去看望文老爷的吧？"

"你这两人，怎晓得我是去拜文老爷？"周顺昌问。

"昨日文老爷从北京回来，到竹坞去了。今日周老爷自然是去找他。"轿夫说。

"亏你们猜得出。"周顺昌笑笑说。

"我们两人有顶轿子在此，抬了老爷去吧！"轿夫说。

"不用，"周顺昌说，"我还是走着去吧。"

“这里到竹坞，要过贺九岭、谢晏岭几条山梁，老爷怎么走得了？”轿夫说，“各位老爷游山都坐轿，吏部老爷您倒要走，岂不累坏了官体？”

“我自己走惯的。”周顺昌说，“谢谢二位好意。”

文文起正独坐在竹坞别墅前自斟自饮，见周顺昌从山下走来，急忙丢了酒杯迎上前去。“呀，原来是蓼洲兄！”说罢，抱住周顺昌便哭。

二人携手走进屋内，周顺昌问：“请问吾兄，朝中光景一向如何？”

文文起皱了眉头说：“自吾兄别后，那魏贼更加肆无忌惮。”

“一一细说。”周顺昌说。

文文起说：“内监王安，公忠勤慎，魏贼嫉恨，矫旨将王安掩杀。他又杀光宗选侍赵氏，再杀贵人胡氏，勒令裕妃张氏自杀。皇后有孕已经成男，被魏贼密谋堕胎，母子俱殒。”

“有这等事！”周顺昌惊讶地说。

“内庭弄兵，祖训所禁。”文文起说，“那魏贼私设内操，挑选心腹万人，裹甲出入，日夜操练。皇子方生就被炮声震死，龙体不保。”

“魏贼好猖狂也。”周顺昌咬牙切齿地说，“那魏贼还有怎样的恶处？”

文文起接着说：“那魏贼不奉圣谕，假传圣旨，扫落忠良。宠用干儿子许显纯、杨寰为锦衣卫，造下铁脑箍、阎王闩、红绣鞋、锡汤笼几种酷刑，掠杀正人殆尽……如今缇骑（逮捕犯人的禁卫吏役）四出，只恐你我不能安枕也。”他握住周顺昌的手说：“蓼洲兄啊！如此世界，岂不天翻地覆了？”

周顺昌捶胸骂道：“呀！魏贼！魏贼！就是把你食肉剥皮，尚有余辜也！”

姑苏城外有个叫周文元的人，他在李王庙前开了一个书场，请说书人李海泉说《岳传》。听众个个目不转睛，如醉如痴。正当说到韩世忠无辜被逮时，听众中一个人拍案嚷道：“讲这样歪书！讲这样歪书！”

听书的人被吓了一跳，说：“这是从何说起，瞎乱嚷嚷。”

只见那人仍不住地嚷道：“可恼！可恼！童贯这骗狗，做此恶事，叫我哪里按捺得住！”

开书场的周文元说：“从来说书，有好有歹，何必真动肝火！”

“这等恶人，说他干啥！”那人说。

说书人李海泉说：“既是恶人，你不要听就是了。”

只见那人一脚踢翻了说书的堂桌，说书人慌忙躲避着说：“这是从何说起？”

“我就打你这狗弟子。”那人说着就要动手。众人连忙上前劝架，说：“他是说书的先生，你怎么能打他？”

一些人拉了李海泉说：“走，我们到寒山寺开讲去。”说着就走了。

周文元愤怒地指着那人说：“好好的一个书场，被你这狗杂种搅了。你砸了我的生意，我今天就打死你这狗杂种。”说完赶过去便打。

那人说：“可笑，竟敢跟我动手脚，真是‘买干鱼放生——你好不知死活哩’！”

说罢，二人脱衣赤膊、飞拳走脚地干将起来。几个回合下来，周文元便不是那个人的对手，被那人一拳打倒在地。众人上前劝道：“朋友，不可如此，看在我众人面上，放手，放手。”

这时，忽然有一个女人跑来，一把揪住那人说：“还不放手！打死了人，不偿命吗？”

只见那人立即放了手。

“还不跪下！”女人说。那人便跪下了。

众人在一旁七嘴八舌地说：“我们起先以为他是好汉呢，却原来是个怕老婆的窝囊废。”说完一阵大笑。那人气呼呼地说：“若不是我母亲吩咐，我怎肯饶他？”

女人也向周文元及众人鞠躬说：“刚才小儿冒犯，老身特来请罪。”

周文元向众人说："众兄弟，方才他听见不平便大怒，可见是个义士；如今他尊奉母亲，又是个孝子了。"

众人向那人拱手，那人赧然道："小人粗鲁，请众位见谅。"

"请问尊姓大号？"周文元问。

"在下颜佩韦。"那人说。他的话音刚落，众人便惊奇地说："原来是颜大哥。久仰，久仰。"其中一人走到颜佩韦面前，自报家门："小弟杨念如。"

"原来你就是杨大哥。"颜佩韦高兴地说。

杨念如从人群中拉出周文元和其他两个人，向颜佩韦介绍说："这三位就是周文元、马杰、沈杨。"

颜佩韦拱手大笑："哈哈！相逢一笑皆知己，岂是区区陌路人？"

杨念如说："颜大哥在上，今日小弟辈幸遇大哥这等孝义，众心钦服，欲屈大哥和弟辈四人，共订一盟，结为兄弟。未知老伯母允否？"

颜母说："小儿得蒙众位提挈，老身脸上有光。"

颜佩韦说："这叫作不打不相识。"

"请问大哥尊庚多少？"杨念如问。

"小弟平头三十。"颜佩韦说。

"小弟二十五。"杨念如说，"这三个兄弟，都是二十三四的人，是颜大哥居长，小弟次之。"

“我周文元第三。”周文元说。

“我马杰第四。”马杰说。

“我沈杨第五。”沈杨说。

杨念如说：“幸得伯母在此主盟。我们众兄弟，就此对天一拜。”

五人齐头跪地，拜过苍天，又拜颜母，同归草舍，杯酒谈心。

自从在竹坞会晤了文文起，周顺昌更加仇恨魏党之流。浙江嘉兴人魏大中几年前曾因抗疏阉党杨镐等人，被放回老家，从此他杜门谢客。不料近来被诬受杨镐等人的贿赂，被逮进京。周顺昌听到消息，便唤一小船，每日到胥门守候。今日周顺昌远远望见一艘船开来，便吩咐船工靠过去，问：“前面来的船，可是嘉兴魏爷在内？”

只见那船头出现了几个校尉，说：“我们正是提魏官上京的，你问他干什么？”

“如此说来，果然是魏兄到了。快泊船，说我周顺昌要见。”周顺昌说。

“圣旨紧急，谁敢逗留？”校尉说。

“魏贼矫诏，说什么圣旨！如此我径自上船相见便了。”说完，一步跨上船，叫道：“大中兄，大中兄。”

一个校尉正要阻拦，另一个却说：“早听说苏州有个周顺昌不是好惹的。让他去见，说不定会送些盘缠给我们。”

见了魏大中，周顺昌说："大中兄，你今日一身就逮，四海知名，敬羡，敬羡。"

魏大中含泪说："顺昌兄，多少同年好友，见弟被逮，无不畏祸深藏。今日不以生死介意者，唯吾兄一人。"

"说哪里话。"周顺昌说，"今日事势如此，小弟一贫如洗，又不能做刺侠累之聂政。倘或仁兄有什么未了的心事，弟当竭诚相助。"

"小弟也没什么心事，只是前日被逮，举家惊惶无措。弟以大义晓之，皆掩泪听命。只有小孙允楠，昼夜痛哭不已……"魏大中老泪纵横。

"令孙几岁了?"周顺昌问。

"年方十三。"魏大中说。

"小弟恰有一女，年纪却也相当，今日即以奉配。你我患难生死，一家骨肉，料吾兄不会见拒了。"周顺昌说。

"如此说，义不容辞。"魏大中说，"亲翁请上，容小弟一拜!"

一个校尉在旁听后说："真是好笑，他是个钦犯，你怎么与他联姻结党?"

"哇！狗头，谁要你多事!"周顺昌说，"你就说给那阉狗知道，我周顺昌不是怕死的人。"说完，与魏大中拜别。

周顺昌走后，巡抚毛一鹭派一中军来到。中军对校尉说："毛老爷晓得圣旨紧急，不敢相留，特差小官将银二百

两，送二位爷路上买果儿吃。”

校尉笑着接过银子，说：“多谢，多谢！请上复毛老爷，你们苏州有个周顺昌，刚才上船与犯官唠叨半日，又结了儿女亲家，还辱骂咱魏爷。你家老爷，也要留心这个姓周的。”

毛一鹭为了谄媚魏忠贤，向人民敲骨吸髓，在虎丘半塘为魏忠贤建造生祠。这日，张灯结彩迎接新塑的神像入祠。只见杂役抬着沉香木塑成的魏忠贤像，放在基座上，又为塑像加冕御赐的七曲缨冠。怎奈头大冠小戴不上去。毛一鹭顿时大怒，立即叫传来督办祠堂的陆万龄，说：“怎么爷的头塑大了？”

陆万龄跪地叩头说：“遵爷钧旨，头塑九寸九，这是宫中赐来的冠小了。”

“这怎么办？”毛一鹭说。

“此事不难。”陆万龄说，“这冠是上位赐的，不好动。吩咐塑工将爷的头收一收便了。”

塑工奉命取下像头，放在膝上用小铲削。毛一鹭说：“你要轻些，莫削得咱的爷头疼。”毛一鹭此话一落，只见一群内监及地方阉官跪地哭了起来：“咱的爷爷啊，您老人家的头疼啊，了不得，了不得。”

周顺昌接到了公贺魏祠的请帖，立即将它撕得粉碎，但还是抑制不住义愤来到半塘看看热闹。他在人群中见了这帮奸小的丑态，恨得咬牙切齿。当毛一鹭等被知县请去赴宴，

周顺昌便径直走到魏像前。一个奉命看守祠像的差役上来拦住他说："什么人在这里窥探？噢，是吏部周老爷。"此时又有几个执事的来到，其中一个官人模样的说："你是来拜魏爷的吗？"

"要俺周顺昌拜他？"周顺昌冷笑着说，"他诛杀后妃、皇储，陷害忠良，结干儿，通奸媪，罪恶如山。我恨不能一脚将这祠堂踢倒，倒要叫我去拜他？"

"哇！哇！竟敢如此胡言。"那官人说，"孩儿们，把他给我打出去。"

"谁敢动手！"周顺昌威严地怒视拥上来的打手，说，"你们也休要和这魏贼一道留下千年的臭名！"说完，狠狠地向魏忠贤的像上唾了一口，扬长而去。

果然，周顺昌因为忤骂阉官，与魏大中联姻，斥辱校尉，触怒权奸魏忠贤。严旨提问，遣下缇骑，来到苏州。

苏州陈知县原是周顺昌的门生，闻讯便连夜报告了周顺昌。周顺昌披衣迎客，说："我晓得了，早上传说校尉来苏，想必轮到治我了。"

"门生恐明早就逮，老师来不及处理后事。"陈知县说，"门生恐有泄露，就此告辞回县，明早再来奉请。"说完走了。

一会儿，文文起步行来到，见了周顺昌，道："哎呀，蓼洲兄，不想你也有今日。"

“也是必然之事。”周顺昌不慌不忙地说。

“魏贼弄权，忠良屠戮。”文文起说，“我兄遭此奇冤，父老们必怀义愤。姑苏自古尤多豪侠，想来定难坐视。”

颜佩韦听说上边差校尉来苏州提拿乡宦，他料定这校尉一定是魏太监差来的，所拿的必然是与魏家作对的乡宦。而凡是与魏家作对的，便都是好乡宦。若是被他们拿了，岂不是伤了天理？他来到上塘街，听说是拿周吏部，顿时义愤冲顶。他飞跑着找到了他的四位弟兄，一面吩咐马杰、沈杨等人分头在阊、胥两门，拉人入城；一面派人吩咐庵内和尚，去敲梆催众，一齐到西察院去。

杨念如让人取来许多香，分给每人燃起一炷，为周吏部喊冤。

“好了。”杨念如说，“我们大家这就去求官府。”

“求他什么？”颜佩韦怒道，“他若放了周乡宦罢了。若不肯放，我们苏州人，一窝蜂，我们几个领头，做出一件轰轰烈烈、惊天动地的事来。众兄弟不可缩头缩脑，大家并力同心方好。”

“自然、自然！”周文元等人答道。

秀才王节、刘羽仪说：“列位不可造次。我们急急入城，拉了三学朋友，写一辩呈，同了列位，去求毛抚台，恳他出疏保留，这便才是。”

颜佩韦说：“老毛是魏监的干儿子，这番拿问定是他的线索，怎肯出疏保留？我们到那里去，自有道理。走！走！"

和尚敲着梆子边走边喊："阿弥陀佛，林家巷内吏部周老爷，清廉正直，万民感戴。如今校尉来拿，开读在即。一街两巷，各位老爷，都到西察院，执香恳求官府，此系人民公举，不可迟延误事……"

颜佩韦追上和尚说："老师傅，有许多人去了？"

"颜老爷，"和尚说，"小僧到处敲梆叫喊，有无数的人入城去了。"

"妙！妙！妙！"颜佩韦说，"如今再烦你到削筋墩、社坛头、三官殿头等处，我们小兄弟极多，快快催他们进城。"

"晓得。"和尚敲着梆子走了。

西察院内，人山人海。

门里的几个校尉纷纷抱怨此番拿人没捞到银子，命本地一个县差说："你快去与毛一鹭说，俺老爷们，奉了皇帝的圣旨、魏爷的钧旨，到此拿人，让他有银子快快抬来；若没有银子，我们也不拿周顺昌了，叫他自己送周顺昌到京便了。"

"小人是一县差，怎敢去见都抚老爷？"县差说。

几个校尉拿鞭子便抽县差："要你这狗头何用？"直打得县差满地打滚。

此时，寇太守、陈知县来到西察院，见众乡民号哭不止，陈知县对寇太守说："众百姓执香号哭，塞巷填街，哀

声震地，这可怎么办？”

寇太守说：“足见周老先生平日深得人心。贵县且去吩咐乡民中老成的上前讲话。”

秀才王节、刘羽仪被叫到前面来，说：“周吏部居官侃侃，居乡表表，如此品行，卓然千古；罹奇冤，实万姓怨痛。老公祖（指寇太守）若无一言主持公道，何以安慰民心？”

颜佩韦听了王节、刘羽仪文绉绉的话，急得不耐烦，上前跪地说：“青天爷爷啊！周吏部若果得罪朝廷，小的们情愿入京代死！”

“青天爷爷，让我来说。”周文元也挤上前说，“今日若是真正的圣旨来拿周吏部，就是冤枉了周吏部，小的们也不敢说了。今日是魏太监假传圣旨，杀害忠良，众百姓不服。就是杀尽了满城百姓，也不放周吏部去的。”

众乡民号哭阵阵，寇太守、陈知县深为感动。寇太守安抚众乡民说：“众百姓听着！这桩事，非府县所能主张。一会儿都抚老爷（指巡抚毛一鹭）到了，你们百姓齐声叩求，本府与陈知县自然极力周旋。”

“太守大人真正是青天了。”众乡民道。

一阵锣响后，紧跟着一阵喝道声：“都抚大老爷来啰……”

众乡民一听，蜂拥着将毛一鹭围起来，群情激愤地说：“我乡民求毛老爷做主，出疏保留周吏部……”

毛一鹭一听，大怒道："反了，反了！有这样的事！皇上拿人，百姓抗拒，你们反了天了！反了！反了！"

"老大人请息怒。"寇太守走到毛一鹭跟前说，"周宦深得民心，也是平日正气所感。倘有一线可生之路，还望大人挽回。"

"逆党聚众，抗提钦犯，有什么挽回？"毛一鹭怒道，"他们可知道此案是谁差来的吗？"他附着寇太守的耳朵说："如果逆了朝廷，还好弥补。今日逆了魏爷，比抗了圣旨更加十倍。你们的乌纱还想不想要了？"

"毛老爷！"众百姓呼道，"若不力救周吏部，众百姓情愿死在这里。"

陈知县向毛一鹭跪下说："老大人，卑职不敢多言。民情汹汹如此，只求老大人抚慰才是。"

"抚慰些什么？抚慰些什么？拿几个进来打便了！"毛一鹭说。

寇太守也跪下说："老大人若无一言抚慰，就是周宦在外，卑职也不敢解进辕门。"

"为何？"毛一鹭说。

寇太守指着众乡民说："大人请看，如此人众如麻，几个皂隶怎么能行？"

"既如此，"毛一鹭说，"快去传谕百姓暂且散去。若要保留周吏部，且具一公呈上来，或可另有商量。"

寇太守、陈知县去劝阻众乡民。门里的两个校尉出来扯住毛一鹭说："毛老爷，我们的心事，你是知道的。还要我们在魏爷面前讲些好话哩！"

"知道了！知道了！自然从厚。"毛一鹭说着向厅堂里走去。

周顺昌被皂隶押着走进院来。众乡民齐拥而上，颜佩韦等几个人上前，拱手说："周老爷且慢，我们众百姓已禀过都爷，出疏保留了。"

"列位素昧平生，多蒙过爱。"周顺昌激动地说，"我周顺昌不该连累众位，此番进京，料无大事。"

"当今魏太监弄权，有天无日，绝不会放过周爷的。"周文元说。

"多谢诸兄盛情。"周顺昌说，"今日奉旨来提，怎敢不去？顺昌此去，有日还苏，再与诸兄相聚，万分有幸了。"

"周老爷，"颜佩韦说，"你看被逮诸君，哪一个是保全的？老爷还是不去的好。"

一个中军从厅堂出来说："都老爷吩咐开读且缓，传请周老爷进厅堂商议。"

"有何商量？"众人说。

"列位既具公呈，自然要议妥出本的。"中军说。

"出本保留，是乡民公事，何消周老爷自议？不要听他的！"众乡民说。

周顺昌说："列位还是放学生进去的好。"

"也好。"众人说，"料没有后门，不会走了。"

中军刚将周顺昌带进厅堂，厅堂的门便从里边关上了。

"奇怪！"众人说，"为何关门？"

颜佩韦说："列位，大家守住大门，听听里边什么声息。"

众乡民都闭了口，一时鸦雀无声，就听得厅堂里有人说道："跪听宣读……犯官上刑具。"

颜佩韦大呼一声："列位，我们受骗了！拼着性命，打进去啊……"说完便率先砸了厅堂的门。厅堂里冲出几个持刀的皂隶，向人群中乱砍，被颜佩韦一拳打倒一个。颜佩韦一边打，一边说："你这狗头，不知死活！可晓得苏州第一好汉颜佩韦吗？"

"可晓得真正杨家将杨念如吗？"杨念如说。

"可晓得十三太保周文元、马杰、沈杨吗？"众弟兄说。

几位弟兄与众乡民一齐动手，同冲出来的校尉、皂隶拼杀起来。

厅堂里的毛一鹭恨恨地说："真是一班强盗，杀，杀，杀！"说完慌忙从厅堂后院翻墙逃走了。

颜佩韦等奋力搏斗，有一名校尉和几名皂隶被打死，其余的皆抱头鼠窜。

官府惧民公愤，将周顺昌一日移置三处。几天后，选了

一个黑夜，给周顺昌戴了刑具，由二校尉押着，乘船解往北京。

周顺昌的儿子周茂兰，沿江追赶。看着爹爹的船走得没了影，他绝望地投水自杀，却意外地被一个叫朱祖文的人救起。这朱祖文原是一个功臣的儿子，父亲早死，赖母亲刘氏抚养长大。刘氏苦节贞操。周顺昌上疏，为其母造节妇牌坊。所以朱祖文一心要报答周顺昌的恩情，听说周顺昌被星夜解往北京，便一直随行。

朱祖文将周茂兰救起，老少二人徒步上京去。

颜佩韦等五人以倡乱者首罪名定为钦犯，毛一鹭亲自督办逮捕。

为了万无一失，他们先策划好，秘密窥探到马杰、沈杨常出没的赌场，以拿赌名义将二人提了。二人不服道："我二人是在行的，赌钱小事，为何绑我们？"

捕快说："奉太爷差遣，不得不如此。先交你们到地方去，如果有人作保，是极容易办的。"

马杰、沈杨说："就跟你到地方去，还你保人就是了。"

周文元在外边看戏，深夜散戏后，喝得烂醉，在自家门口跌倒，被捕快绑起来。

颜佩韦听得几位兄弟被逮，警觉起来。他找到了杨念如，二人急匆匆地找到地方上。

五人被毛一鹭一网收尽。

毛一鹭以士民倡乱、殴死旗官为由，上奏皇帝，请求屠城。幸遇吴人通政司（掌管天下奏状案牍的官）徐如珂从中遮掩，只将为首的几人正法，其余一概免究。

周顺昌被解进京后，魏忠贤的爪牙倪文焕、许显纯，不容他分辩，一味将他严刑拷打，直打得他胫骨几断，手指尽折。

审讯的这一天，魏忠贤亲自督审。周顺昌着囚服，身戴手铐、脚镣，被狱卒拖到一间房子里候审。狱卒扔下他便抬死尸去了。

黑暗的角落里仿佛躺着一具尸体。周顺昌禁不住挪过去，用手去推那人。那人却没死，呻吟几声。周顺昌凑近去看那个人的脸，不禁大惊道："呀！这不是大中亲家吗？竟被打成这般模样！"说罢，不禁大哭起来。

魏大中渐渐醒来，睁开眼，见是周顺昌，道："呀，蓼洲兄，是你吗？我们是在狱里吗？"

"大中亲家，不想你我临死前得会一面，死也瞑目了。"周顺昌说。

"亲翁，"魏大中说，"别事不能说了，我孙子的亲事，多蒙你家危中不弃，老夫阴间自有报答。"

"亲翁，"周顺昌说，"还说这些儿女之事干什么！"虽如此说，不禁又哭起来。

"还有一事放心不下。"魏大中说，"亲翁须替我骂贼

方……”不待说完气绝而死。

“闪开！闪开！”房门外一阵吵嚷。周顺昌爬到门口，从门缝向外望去，只见都御史杨大洪、都察院的左浮丘两个犯官的尸体由四个狱卒抬着正从此经过，鲜血淋漓，惨不忍睹。

“呀！是杨大洪、左浮丘……”周顺昌肺都气炸了，怒道，“可笑，原还打算与他们辩论一番。如今就在公堂上，把阉贼痛骂一场。我周顺昌死也死得正气。不差！不差！”

周顺昌去了脚镣，由两个狱卒押上公堂。

公堂上坐着倪文焕、许显纯。“案犯为何不跪？”倪文焕对周顺昌说。

“我周顺昌跪哪个？”周顺昌说，“你动不动摆着龙位，矫旨压人。我周顺昌被你二贼连次非刑拷打。今日既无龙位，还敢无礼，喝我下跪吗？”

“你没有眼吗？”倪文焕说，“上边巍巍端坐的是哪个？还不快跪！”

周顺昌顺着倪文焕手指的方向望去，不禁大怒：“啊！原来是魏贼！哇！阉狗！你欺君虐民，残害忠良。我周顺昌食你的肉、揭你的皮也不能消恨……”

倪文焕慌张地说：“法堂之上，敢把千岁爷这般斥辱，大胆至极，快快拿下！”

“倪文焕、许显纯！”周顺昌骂道，“你们这两个奸贼要拿我？你们是阉家恶犬！”周顺昌骂着，突然踢翻了两个桌子，一边用手铐狠狠地向倪文焕、许显纯砸过去，一边说道：“我周顺昌今日到此，总是一死，砸死了你二贼，岂不快心！”

倪文焕的鼻子被打断，许显纯的眼睛被打瞎了一只，二人捂住脸号痛不止。

正在这时，魏忠贤站起来，命令说：“犯官污言抗上，武士们给我击去他的门牙，不容开口。”

几个武士上前扭住周顺昌的手脚，用锤猛击他的门牙，周顺昌疼得满地乱滚，他奋起含糊地骂道：“魏贼！难道我断了齿，就骂不得你吗？齿虽断，舌还有……”话未说完，昏倒在地。

倪文焕、许显纯走过去，指着周顺昌骂道：“周顺昌，你这狗头！也有今日？你那般倔强，怎么不开口了……”

周顺昌突然站起身，将满口的鲜血一下子都喷在倪、许二人的脸上。鲜血顺着他二人的脸往下流。

“哈，哈，哈……”周顺昌放声大笑，正待他再次含血喷向二贼时，被上来的狱卒用棍打倒在地，捆了起来。

魏忠贤命令：“周顺昌不必再勘，使锦衣卫押带还监。”

周顺昌被押回了牢房。

周茂兰赶入北京，住在北京城内二闸观庵。连续几夜，

他都刺破手指写成血书奏章。和尚见他行止可疑，怕受连累，扣下他的行李做房钱，将他轰到庵外。他离了二闸观庵，来到午门前击鼓上奏，被番子手推倒在地猛打。这事惊动了通政司徐如珂。徐如珂将周茂兰带到自己家中。

徐如珂家有一仆人，与一狱卒是兄弟，设计让周茂兰扮成更夫模样，进到狱中去见周顺昌一面。

周顺昌气息奄奄，体无完肤，浑身长满蛆虫。当他听说儿子茂兰要见他，心下吃惊：我儿在哪儿？莫……莫……非将我孩儿也拿了吗？切不可让他来！

一会儿，周茂兰手敲梆子进了狱门，见了爹爹的惨状，急奔过去用手轻轻抚摩周顺昌道："爹爹，孩儿茂兰在此。"

周顺昌痛醒，见了儿子，强撑着坐起，忍泪不出声。周茂兰捶胸哭道："哎呀，爹爹呀……爹爹为何没有言语说与孩儿知道？"

周顺昌张口让周茂兰看，说："你看我齿牙尽被阉奴击断，尚有何言与你细说？你且牢牢记着，只把忠臣样子，日后说与子孙知道便了。"

"孝和忠，路一条。"周茂兰说，"只是奸贼的仇恨何时能报？孩儿我拼了性命……"

周顺昌用力将茂兰的口捂住，说："我儿尚幼，切莫再鲁莽行事，暂把仇恨压在心里，恶有恶报终有头。你要好生活下去，抚养着一家老小，你爹我死也瞑目了……"

突然，一阵嘈杂的脚步声传来，狱卒先跑进来说："小相公，你快躲一躲。"说着将周茂兰藏在了草铺底下。

一个差官带着两个刽子手走进牢来，问："哪一个是周顺昌？"

"这位就是。"狱卒指了指周顺昌。

"同房还有何人？"差官问。

"没有。"狱卒说。

"好，倒也清静。咱奉千岁之命，有一件东西在此送他。"差官说着将一个布囊扔在地上说，"快些了事回复。"

两个刽子手走上来，说："周老爷是明白人，不消我们说了，有要紧的话吩咐一声吧。"

周顺昌惊道："啊！莫非将此囊索我性命吗？魏忠贤，魏忠贤，你要我死吗？我周顺昌生不能杀你，死后做鬼也要击杀你这奸贼！"

两个刽子手将布囊套在周顺昌的头上，又将他推倒在地，挽绳背身猛拽。周茂兰从草铺下冲出，挽住绳索……

"这是谁，如此大胆，讨死吗？"刽子手问。

狱卒急忙上前掩护说："他是一个更夫。"

此时又上来几个狱卒将周茂兰拽开。两个刽子手用力一拽，只见周顺昌双脚乱蹬，不多一会儿，便不动了。

毛一鹭命将颜佩韦等五人在西察院枭首示众。就义时，五英雄毫无惧色，慷慨赴死。颜佩韦大怒震呼，挣断绳索，

将刽子手打得头破血流。众刽子手合力将他的手砸烂。临死前，他仍骂不绝口。

思宗即位，诛除阉党。

魏忠贤慌忙出逃，在涿州一旅店内自缢身死。

毛一鹭死在家中。倪文焕、许显纯二人被发往河南道御史处勘问，愤怒的人们迫其嚼粪。

苏州人民将颜佩韦等五人合葬在半塘，竖“五人之墓”石碑；又造一石坊，上镌“义风千古”。

周顺昌特赠太常寺卿，谥忠介，营葬建祠；其妻吴氏封为淑人；其子茂兰，荫中书舍人，赴京纂修国史。

人们举锄挥镐，喊着号子推倒魏像，烧了魏祠，取魏忠贤头像祭奠周顺昌和颜佩韦等英雄的亡灵。

（改写自李玉《清忠谱》）

天地永恨长生殿

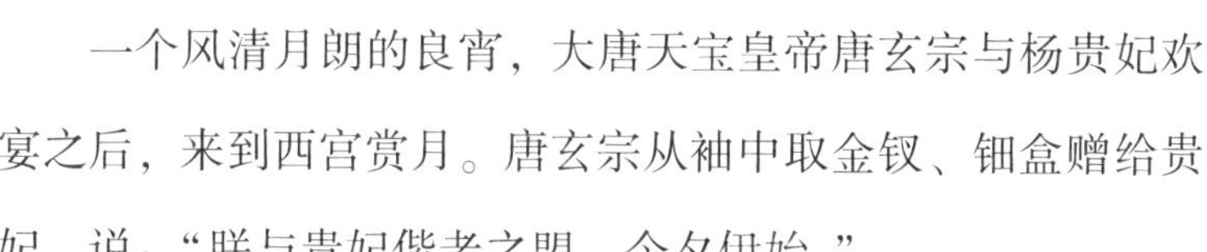

一个风清月朗的良宵，大唐天宝皇帝唐玄宗与杨贵妃欢宴之后，来到西宫赏月。唐玄宗从袖中取金钗、钿盒赠给贵妃，说：“朕与贵妃偕老之盟，今夕伊始。”

杨贵妃接过金钗、钿盒，谢恩说：“愿你我的爱情似金钗、钿盒一样牢固，永不分开。”

胡人安禄山，骁勇善战，被节度使张守珪赏识，收为义子。张守珪命他征讨奚契丹，他恃勇轻进，大败而回，罪当斩首。张节度使宽恩不杀，将他解京，请求皇帝裁决。安禄山重贿丞相杨国忠，请求免死。杨国忠受了礼，免了他的死罪，并在玄宗面前为他美言，说他精熟诸般武艺，通晓六番言语。玄宗赦其罪，并授职在京，以观后效。

三月三日，唐玄宗与杨贵妃游幸曲江，命骠骑将军高力士召杨国忠并杨贵妃的三个姐姐秦国夫人、韩国夫人、虢国夫人随驾。到了望春宫，杨玉环请三姐虢国夫人一同饮宴，

不想唐玄宗看中虢国夫人，遂将她召进宫里欢爱。杨贵妃醋性大发，触怒了唐玄宗，被玄宗贬出宫去。谁想自贵妃走后，唐玄宗就后悔了，整日独坐宫中，长吁短叹。高力士看出了唐玄宗的心思，马上找到杨贵妃。杨贵妃剪下自己的秀发，让高力士转给唐玄宗以表爱心。唐玄宗想召回杨贵妃又找不到合适的台阶。高力士说："有罪放出，悔过召回，正是圣主如天的大度。"于是，唐玄宗让高力士迎取杨贵妃回宫。唐玄宗和杨贵妃经过此番离合，倍加情浓。

武举人郭子仪，来到长安新丰馆大酒楼饮酒，见满朝的大小官员备了羊酒礼物匆匆而过。原来是杨国忠与三国夫人赐造的新第落成，听说耗费了上千万贯钱钞。郭子仪见外戚宠盛到如此地步，一时愤懑，便向四壁闲看，偶见墙壁上有一首诗，写道："燕市人皆去，函关子不归。若逢山下鬼，环上系罗衣。"郭子仪正奇怪，忽闻楼下一阵喧闹。

只见安禄山身穿王服，骑着马正从楼下经过。原来他被唐玄宗封为东平郡王，赐归东华门外新第，方才谢恩出朝，从这里经过。

"呀！这就是安禄山吗！他有什么功劳加封王爵?"郭子仪惊怒地说，"我看这小子面有反相。乱天下者，必此人也!"

郭子仪气恼地回到家，家将送上朝报，上写"奉圣旨，郭子仪授为天德将军，钦此"。于是他收拾行李，即日上任

报效朝廷。

杨贵妃梦魂到广寒宫，听到《霓裳羽衣曲》，记在心中。

唐玄宗一直夸奖梅妃的“惊鸿”舞蹈。杨贵妃为了争宠，便将她从月宫中带回的《霓裳羽衣曲》，细配宫商，谱成新曲。

新曲谱成的这一天，杨贵妃正在更衣时，唐玄宗退朝回来，见了《霓裳羽衣曲》，拍案称绝：“贵妃，贵妃！美人韵事，都被你占尽也。不要说你娉婷绝世，只这一点灵心，有谁能比得过你？”

晚妆新试的杨贵妃，妩媚动人。她从内室走出来，见了唐玄宗，叩头说：“臣妾见驾。”

“平身。”唐玄宗扶起杨贵妃。

“陛下今日退朝，为何这么晚？”杨贵妃问。

“只为灵武太守员缺，地方紧要，与廷臣议了半日，难得其人。朕特擢郭子仪，补授此缺，因此退朝迟了。”唐玄宗说，“寡人刚才见了《霓裳羽衣曲》新谱，真乃千古奇音。‘惊鸿’何足道也！”

封王后的安禄山开始骄傲自大，与杨国忠每每遇事顶撞，杨国忠伺机黜退他。这一天，杨国忠来到朝门，老远便听到一阵呵殿之声，近前一看，不禁说道：“哦，原来是安禄山！这是九重禁地，你怎么敢在此大声呵殿？”

“老杨，我做郡王的，呵殿这么一声有何不可？比你右相还差得远哩。”安禄山骄横地说。

“安禄山！”杨国忠说，“我且问你，你这般大模大样是从什么时候开始的？”

“下官从来如此。”安禄山说。

“当初你请求免死时节，可是这个模样？”杨国忠冷笑着说。

“此一时，彼一时。”安禄山说，“赦罪复官，出自圣恩。与你何干？你卖官鬻爵……”

二人相互揭短，不可开交。唐玄宗以将相不和、难以同朝为由，特命安禄山为范阳节度使，克期赴镇。

安禄山到了范阳后，撤换原来将官，任用番将，整日合围射猎，整顿军马，准备夺取皇位。

唐玄宗与杨贵妃避暑骊山。六月一日，是杨贵妃的诞辰。唐玄宗在华清宫长生殿设宴为她庆祝生日。杨贵妃身着盛装，由宫女们簇拥着走上殿来，见了唐玄宗，屈膝行礼：“臣妾杨氏见驾。愿陛下万岁，万万岁！”

“与贵妃同之。”唐玄宗笑盈盈地说，“今日贵妃初度，寡人特设长生之宴，同为竟日之欢。”

“薄命生辰，荷蒙天宠。妾愿为陛下进千秋万岁之觞。”杨贵妃向唐玄宗献酒，然后自己先跪地饮了一杯，叩头呼“万岁”。

国舅杨国忠和韩国夫人、虢国夫人、秦国夫人等献寿礼。唐玄宗命高力士传旨乐工李龟年，叫梨园子弟上殿，演奏起《霓裳羽衣曲》。一时间，贺者呼“万岁”。和着仙乐，唐玄宗和杨贵妃心醉神驰。

长生殿上，歌舞升平。内监捧荔枝走到唐玄宗的面前说：“启禀万岁爷，涪州、海南贡进荔枝在此。”

“取过来。”唐玄宗充满爱意地对杨贵妃说，“贵妃，朕因你爱食此果，特敕地方飞驰进贡。今日寿宴初开，佳果刚到，当为贵妃再进一觞。”

“万岁！”杨贵妃感激地说，“妾制有翠盘一面，请试舞其中，以博龙颜一笑。”

“贵妃妙舞，寡人从未得见。”唐玄宗高兴极了，又转头对高力士说，“传旨李龟年，领梨园子弟承应，朕亲以羯鼓按定拍节。”

杨贵妃头戴花冠，身着大红舞裙，在手执五彩霓旌、孔雀云扇的宫女簇拥下，走上翠盘，翩翩起舞。梨园子弟按谱奏乐，唐玄宗在其中击鼓和之。只见杨贵妃浑似一天仙从月中飞降人间，盘旋跌宕，飘然来往，轻扬彩袖，乱落天香。

自从杨贵妃受宠，唐玄宗就将梅妃迁置上阳宫东楼。梅妃原名江采萍，因为她性爱梅花，被玄宗赐号梅妃。昨日唐玄宗送给梅妃一斛珍珠，梅妃不受，回献给唐玄宗一首诗，有“长门自是无梳洗，何必珍珠慰寂寥”之句。唐玄宗看

后故情复萌，便差人将梅妃密召到翠阁与他同宿。

这下可气坏了杨贵妃，心中恨恨地骂道："唉，江采苹，江采苹，非是我容你不得，只怕我容了你，你就容不得我也！"于是吩咐手下宫女说："你们随我到翠阁去。"

"奴婢想今夜翠阁之事，万岁爷原怕娘娘知道。"一宫女说，"此时夜将三鼓，万岁爷必已安寝。娘娘猝然走去，恐有不便，不如且请安眠，到明日再作理会。"

杨贵妃一时无语，掩泪长叹："唉，罢，罢，只是今夜教我如何熬过去呀！"

第二天黎明，守候在翠阁前的高力士，远远望见杨贵妃来到，便立即迎上去，说："奴才高力士，叩见娘娘。"

"万岁爷在哪里？"杨贵妃问。

"在阁中。"高力士答。

"还有何人在内？"杨贵妃又问。

"没有。"高力士说。

杨贵妃冷笑几声，说："你开了阁门，待我进去看看。"

高力士慌忙拦住杨贵妃说："娘娘且请暂坐。奴才启上娘娘，万岁爷昨日为政勤劳，偶尔身体违和。"

"既是身体违和，为何在此住宿？"杨贵妃说，"我晓得你高力士欺我失恩之人。也罢，待我自己敲门。"

高力士抢先说："娘娘请坐，待奴才为您叫门。"他向阁内高声喊道："杨娘娘来了，把阁门打开。"

阁内的唐玄宗穿起衣服说："什么人如此胆大，搅了朕的好觉？"

"启万岁爷，杨娘娘到了。"内侍说。

唐玄宗慌了神："这便怎处？这便怎处？"

"这门开还是不开？"内侍问。

"慢着，"唐玄宗说，"且叫梅妃藏在夹幕中，暂躲片时罢！"

待藏好了梅妃，唐玄宗伏在桌子上，佯装睡觉，吩咐内侍："放杨贵妃进来。"内侍开了门。杨贵妃径直走到唐玄宗面前，说："妾闻陛下圣体违和，特来问安。"

"寡人偶然不快，未及进宫。"唐玄宗说，"何劳贵妃清晨到此？"

"陛下的病根，妾倒是猜着了几分。"杨贵妃愠怒地说。

唐玄宗说："贵妃猜着什么了？"

"定是个意中人将万岁的相思病挑起来了。"杨贵妃说。

"寡人除了贵妃，还有什么意中人？"唐玄宗说。

"妾想陛下向来钟爱，无过梅妃。"杨贵妃说，"何不召她前来，以慰圣情？"

唐玄宗一惊，说："此女久置楼东，岂有复召之理？寡人昨夜只为偶染微恙，图此翠阁清幽，贵妃休把人无端奚落。"

杨贵妃环视翠阁里的陈设，道："呀，这御榻底下不是

一双凤舄（xì，鞋）吗？”唐玄宗急忙过去遮掩。“呀，又是一支翠钿，此皆妇人之物。陛下既然独寝，怎会有此？”

唐玄宗羞怯地说：“好奇怪，这是哪里来的？连寡人也不知道。”

“陛下怎么不知道？”杨贵妃说。

在一旁的高力士急忙拉了内侍走出阁门，低声说：“不好了，杨娘娘见这翠钿、凤舄必不干休，你们快送梅娘娘悄悄从阁后破壁而出，回到楼东去吧。”

翠阁内，杨贵妃将凤舄、翠钿狠狠往地上一掷，道：“昨日谁侍候陛下安歇了，使陛下日上三竿仍不临朝？外人不知，都只说是为妾。现在就请陛下早出视朝，妾在此候驾回宫。”说完转过身委屈地流泪。

高力士悄悄走到唐玄宗跟前耳语说：“梅娘娘已经去了，万岁爷请出朝罢。”唐玄宗点点头说：“好，寡人就视朝去。高力士，你在此送娘娘回宫。”说罢，出翠阁去了。

“高力士，你瞒着我做的好事！”杨贵妃怒气冲冲地说，“只问你这翠钿、凤舄是谁的？”

“娘娘莫要烦恼。”高力士说，“万岁爷与娘娘百纵千随真是少有，今日这翠钿、凤舄之事，娘娘也该佯装不晓。不是奴才多嘴，如今满朝臣宰，谁没个大妻小妾？万岁爷瞒着娘娘，也不过怕娘娘气恼，非有他意。”

自此后，杨贵妃终日愁眉紧锁，怏怏不乐。一日，她突然跪在唐玄宗面前说："妾有下情，望陛下俯听。"

得唐玄宗应允后，杨贵妃流着泪说："妾自知庸姿劣貌，若不早自引退，诚恐谣诼日加，祸生不测。望陛下早日赐放。"她拿出唐玄宗赠她的金钗、钿盒，说："这金钗、钿盒是陛下定情时所赐，今日交还陛下。"说罢，呜咽起来。

唐玄宗扶起杨贵妃，说："贵妃为什么说这话？都是朕一时有错。贵妃莫恼，请将这金钗、钿盒依旧收起。待朕重把这定情的心事表。"

郭子仪自从在长安见了安禄山面有歹相，便知道他包藏祸心，因此日夜为大唐担忧。他一面派兵严守灵武重地，一面遣探子不时到范阳打探动静。探子回来，告诉郭子仪：一月前，京中有人告称安禄山反状，唐玄宗暗遣中使到了范阳。安禄山把中使哄骗得满心欢喜，中使回奏，将安禄山的逆迹全遮。唐玄宗对安禄山深信不疑，反把告叛的人送到安禄山军前治罪。杨国忠上奏唐玄宗，说安禄山叛迹昭然，请皇上诛戮他，并特意将塘报（朝廷的官报）暗中送给安禄山，目的是要激他速反。安禄山见了塘报，咬牙切齿，扬言要"诛君侧"。

郭子仪听到这些消息，不禁愤怒地说："唉！外有逆藩，内有奸相，令人发指。"

七夕，杨贵妃在长生殿陈设瓜果，向天孙乞巧。唐玄宗走来问杨贵妃："贵妃巧夺天工，何须再乞？"

“惶愧。”杨贵妃说。

“贵妃，”唐玄宗说，“朕想牵牛、织女隔断银河，一年才会一次，这相思真非容易也。”

“陛下说到双星别恨，使妾凄伤。”杨贵妃说，“妾想牛郎织女，虽则一年一见，却是地久天长。只恐陛下与妾的恩情，还不能够似它长远。臣妾受恩深重，今夜有句话儿……”

“贵妃有话，但说不妨。”唐玄宗说。

杨贵妃扑到唐玄宗的怀里，边哭边说：“妾蒙陛下宠着，六宫无比。只怕日久恩疏，妾不免有白头之叹！”

唐玄宗一边给贵妃擦泪一边安慰说：“贵妃休要伤感。朕与你的恩情，岂是等闲可比？”

“既蒙陛下如此情浓，趁此双星之下，乞赐盟约，以坚始终。”杨贵妃说。

唐玄宗拉着杨贵妃的手万分激动地说：“如此，朕和你焚香设誓。”

朗朗夜空，星汉灿烂。唐玄宗与杨贵妃步下石阶，对牛女双星拈香跪拜，海誓山盟。二人悄语低言道：“双星在上，我李隆基和杨玉环，情重恩深，愿世世生生共为夫妇，永不相离。有渝此盟，双星鉴之。在天愿作比翼鸟，在地愿为连理枝。天长地久有时尽，此誓绵绵无绝期。”

鼙鼓动地震天。安禄山领平卢、范阳、河东三镇的精兵百万，发动叛乱。他们渡黄河，占洛阳，攻陷潼关，逼近到长安城下。

杨国忠神色慌张地找到高力士，说："万岁爷在哪里？"

"现在御花园内。"高力士说。

杨国忠径直走进御花园，见了唐玄宗说："陛下，不好了。安禄山造反，杀过潼关，兵临城下。"

唐玄宗大惊失声，说："守关将士何在？"

"哥舒翰兵败，已降贼了。"杨国忠说。

唐玄宗说："卿有何策，可退贼兵？"

"当日臣曾再三启奏，安禄山必反，陛下不听，今日果应臣言。"杨国忠说，"事起仓促，怎么抗敌？不如暂且幸蜀，等待天下勤王。"

"依卿所奏。快传旨，诸王百官，即时随驾幸蜀。"唐玄宗说。

"遵旨。"杨国忠领旨走了。

"高力士！"唐玄宗吩咐，"快些准备军马。传旨令右龙武将军陈元礼，统领羽林军士三千护驾前行。"

此时，杨贵妃正在御榻熟睡。唐玄宗向宫女们说："不要惊动贵妃，且让她多睡一会儿，待明早五鼓同行。"唐玄宗不禁伤心落泪，心想：天啊，寡人不幸，遭此变故，连累她玉貌花容，奔波于道路，让寡人好不痛心。

次日，唐玄宗带着杨贵妃、杨国忠及部分朝臣，在禁军

的护卫下，仓皇地逃往蜀中避难。路上，唐玄宗骑在马上，悔恨不迭，对杨贵妃说："寡人不道，误宠逆臣，至此流转道路，悔之无及。贵妃，只是累你劳顿。"

"臣妾自应随驾，怎敢辞劳？"杨贵妃说，"只愿早早破贼，大驾还都便好。"

队伍行出一百多里，到了马嵬驿。饥饿疲劳的禁军将士痛恨激成变乱的杨国忠，不肯再往前走，一致要求杀掉杨国忠。此时，吐蕃的和好使正在驿门口同杨国忠交谈。将士们以为他又在私通吐蕃合谋叛乱，于是大声呼叫着上前，砍掉了杨国忠的头。

唐玄宗听见外边喧哗，忙命高力士宣陈元礼进来，问道："众军为何呐喊？"

陈元礼说："臣启陛下：杨国忠专权致乱，又与吐蕃私通激怒六军，六军将士将杨国忠杀死了。"

唐玄宗大惊，说："呀，有这等事？"杨贵妃掩面哭泣。唐玄宗无可奈何地说："这也罢了，传旨起驾。"

不等陈元礼出门，门外一片大喊："国忠虽诛，贵妃尚在。不杀贵妃，誓不护驾。"

杨贵妃一下扑到唐玄宗怀里。唐玄宗惊慌失措地说："哎呀，这话从何说起！"

陈元礼说："陛下，如今众怒难平，望陛下割恩正法。"

"国忠有罪该被斩杀。"唐玄宗说，"贵妃与朕深宫随驾，与她何干？”

陈元礼说：“臣启陛下：贵妃虽则无罪，国忠实其亲兄。今在陛下左右，军心不安。若军心安，则陛下安。愿乞三思。”

禁军将士将马嵬驿密匝匝围个水泄不通。高力士失魂落魄地向唐玄宗报告说：“万岁爷，外厢军士已把驿亭围了。若再迟延，恐有他变，怎么处？”

“陈元礼，你快去安抚三军，朕自有道理。”唐玄宗吩咐完陈将军，转过身抱住杨贵妃，“啊！堂堂天子，竟遭如此难堪。”

“妾怎舍得陛下？”杨贵妃在唐玄宗怀中牵衣顿足说，“臣妾受皇上深恩，杀身难报。今事势危急，望赐自尽，以定军心。”

“贵妃说哪里话！你若捐生，朕虽有九重之尊、四海之富，要他何用？宁可国破家亡，决不肯抛舍你也！”唐玄宗说。

贵妃掩泪而跪：“陛下虽恩深，但事已至此，无路求生。若再留恋，倘玉石俱焚，益增妾罪。望陛下舍妾之身，以保宗社。”

高力士也跪地说：“娘娘慷慨捐生，望万岁爷以社稷为重，勉强割爱罢！”

门外喊声又起，形势危在旦夕。唐玄宗顿足道：“罢，罢，贵妃既执意如此，朕也做不得主了。高力士，你扶娘娘

出去。”唐玄宗以袍袖遮面，高力士将贵妃拉出去。

高力士对门外的将士道：“众军听着，万岁爷已有旨，赐杨娘娘自尽了。”

众将士高呼：“万岁！万岁！万万岁！”

高力士带杨贵妃到了后边的佛堂前。杨贵妃拜过佛爷，高力士问：“娘娘，有什么话，吩咐奴才几句。”

“高力士，”杨贵妃说，“圣上春秋已高，我死之后，只有你是旧人，能体会圣意，须小心侍奉。再为我转奏圣上，今后休要念我了。”

高力士哭着应道：“奴才晓得。”

“高力士，我还有一言。”杨贵妃拿出金钗和钿盒说，“这金钗一对，钿盒一枚，是圣上定情所赐。你可将此与我殉葬，万万不可遗忘。”

杨贵妃走到佛堂前的梨树下，对天跪拜，叩谢圣恩，从腰间解下条白练，自缢而死。

安禄山贼兵势众，所向无敌，长驱西入。每到一地，烧杀淫掠。大唐的一派锦绣江山，横遭胡虏践踏。

唐玄宗随大队离了马嵬，情系着杨贵妃，一路所见水绿山青，鸟啼花落，更加深了他的悲恨愁绪。林中的雨声、剑阁的铃铎声更使他凄凉不堪。

他入蜀以后，不久传位给在灵武主持军事的太子。太子李亨即位，这就是唐肃宗。唐玄宗当上了太上皇。

郭子仪奉命统兵讨贼。军民上下同仇敌忾。安禄山被刺。郭子仪打败安庆绪，收复长安。兵戈宁息，迎接太上皇回銮。

回长安的途中，唐玄宗命为杨贵妃建造新坟。本指望一睹她的遗容，不想玉化香消，空穴中只剩一个香囊。

杨玉环，原系太真玉妃，偶因微过，暂谪人间。今玉帝知她吁天悔过，真情可悯，将她复籍仙班，仍居蓬莱仙院。

唐玄宗回到长安兴庆宫，池苑依旧，而人事全非，思念贵妃之情不能自已。相思透骨，沉疴不起，便请临邛道士杨通幽为他寻找杨贵妃的亡灵。杨通幽上天界，入地府，探得杨贵妃在东极巨海之外的蓬莱仙山。于是他御了天风，飞过海上诸山，到了蓬莱，忽见前面洞门深闭，上写着“玉妃太真之院”。

杨通幽抽出簪子叩门。一会儿，一个仙女开门问道：“是哪个？”

“贫道杨通幽稽首。”杨通幽说。

“到此何事？”仙女问。

“大唐太上皇帝，特遣贫道问候玉妃。”杨通幽说。

太真玉妃听说是上皇使者，即刻将杨通幽请入院中，问：“请问仙师何来？”

“贫道奉上皇之命，特来问候娘娘。”杨通幽说。

“上皇平安吗？”太真玉妃问。

“上皇朝夕思念娘娘，因而成疾。只求娘娘将一物寄予上皇为信。”杨通幽说。

“也罢。”太妃说，“当年承宠时，上皇赐有金钗、钿盒，如今就分钗一股，劈盒一扇，烦仙师代奏上皇，只要两意能坚，自可前盟不负。”

“贫道还有一说。”杨通幽说，“钗盒乃人间所有之物，献与上皇，恐未深信。须得当年一事，他人不知者，传去取验，才见贫道所言不谬。”

太妃说：“天宝十载，七月七夕长生殿，夜半无人私语时，上皇与妾并肩而立，因感牛女之事，密相誓心：愿世世生生，永为夫妇。”

“有此一事，贫道可复上皇了。就此告辞。”杨通幽说。

“且住，还有一言。今年八月十五日夜，月中大会，奏演《霓裳羽衣曲》。恰好此夕，正是上皇飞升之候。我在那里专等一会儿，敢烦仙师届期指引上皇到彼。失此机会，便永无再见之期了。”

中秋之夕，碧天如水，银汉无尘，一道仙桥在空中现出。唐玄宗独步上桥，飘飘御风，只见楼台隐隐，暗送天香扑面。到了月府，玉妃迎上，二人各自拿出钗盒，抱头痛哭。

仙女捧玉旨降在二人面前，上皇、玉妃跪地。

玉帝敕谕上皇、玉妃住忉利天宫，永为夫妇。

（改写自洪昇《长生殿》）

李香君血染诗扇

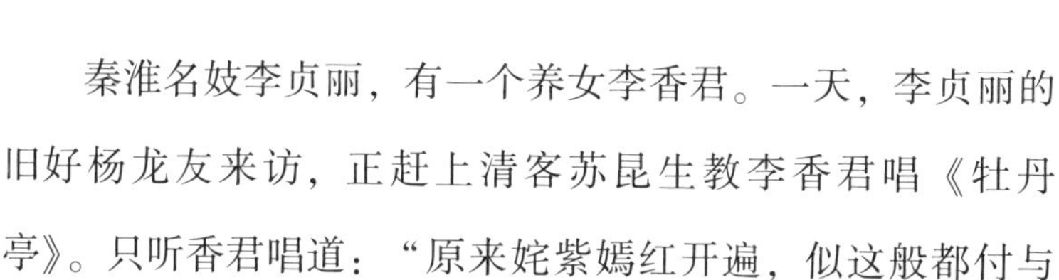

秦淮名妓李贞丽，有一个养女李香君。一天，李贞丽的旧好杨龙友来访，正赶上清客苏昆生教李香君唱《牡丹亭》。只听香君唱道：“原来姹紫嫣红开遍，似这般都付与断井颓垣……”歌喉婉转动人。

杨龙友赞不绝口，对李贞丽说：“令爱如此聪明，相貌无比，不愁不是一个名妓哩。”又对苏昆生说：“昨日见了侯方域，广有钱财，又有才名，他避乱于莫愁湖畔，正在这里物色名姝。昆老知道吗？”

苏昆生高兴地说：“他是敝乡世家，确有大才。这段姻缘，不可错过的。”

“侯公子肯来梳拢，太好了！”李贞丽说，“只求杨老爷极力帮衬，成就好事。”

“自当鼎力相助。”杨龙友说。

清明节，妓院里正做盒子会。原来院中名妓，结为手帕

姐妹，就像香火兄弟一般，每遇时节，便锁住楼门，大家比较琴箫技艺，供楼下赏鉴。侯方域与说书人柳敬亭踏青来到这里，正碰上杨龙友、苏昆生也来这里看热闹。大家便一同聆听楼头奏技。几声箫管，吹得侯方域销魂。他禁不住对友人们说："我要打彩了。"说完将扇坠抛上楼去。

李香君在楼上一边吹箫弄阮，一边早把楼下的侯相公看个清楚。见侯方域抛上扇坠，便用白汗巾包了樱桃抛下楼去，正打在了侯方域怀里。

"有趣有趣，掷下果子来了。"柳敬亭一边说，一边帮侯方域打开汗巾，"好奇怪，如今竟有樱桃了。"

"不知是哪个掷来的，若是香君，岂不可喜？"侯方域说。

杨龙友说："看这一条冰绡汗巾，有九分是她的。"

正在此时，李贞丽捧着茶壶，香君捧着花瓶，从楼上下来。杨龙友拉着侯方域迎上前，说："侯兄，这是李贞丽，这是香君。"

侯方域向李贞丽施礼，说："我是河南侯朝宗，一向渴慕，今才遂愿。"然后看着香君说："果然妙龄绝色，龙老赏鉴，真是法眼。"

杨龙友说："才子佳人，难得聚会。"他一手拉着侯方域，一手拉着香君说："你们一对儿，吃个交心酒如何？"

香君以袖遮面，羞怯地跑走了。

"香君面嫩，当面不好讲的。"苏昆生说，"前日所定梳拢之事，相公觉得怎样？"

侯方域笑着说："秀才中状元，有什么不肯的。"

"既蒙不弃，择定吉期，贱妾就要高攀了。"李贞丽说。

杨龙友说："这三月十五日，花月良辰，正好成亲。"

"只是一件。"侯方域说，"囊中羞涩，恐难备礼。"

"这不用愁。"杨龙友说，"妆奁酒席，待小弟备来。"

几日后，侯方域与李香君正式结亲。清客和香君姐妹们齐聚一堂，恭贺这对才子佳人。席间，一个叫沈公宪的清客说："侯公子当今才子，梳拢了绝代佳人。合欢有酒，岂可定情无诗？"

"说得有理。"另一个清客张燕筑说，"待我磨墨拂笺，伺候挥毫。"

侯方域说："不消诗笺，我带有一柄宫扇，就题赠香君，永为订盟之物吧。"

"妙，妙！"李贞丽说，"这个砚儿，倒该香君来捧。"

"是啊！"众人均赞同道。

香君捧砚，侯方域挥毫在扇上写道："夹道朱楼一径斜，王孙初御富平车。青溪尽是辛夷树，不及东风桃李花。"

"好诗，好诗！"众人赞道，"香君收了。"

香君向侯方域施礼，将扇收进自己袖中。

杨龙友来向侯、李贺喜，他是凤阳督抚马士英的妹夫，魏党阮大铖的盟弟。李贞丽见了杨龙友，感激地说：“多谢老爷，成了我孩儿一世姻缘。”

一会儿，侯方域与李香君走出内室。杨龙友夸道：“你看香君上头之后，更觉艳丽了。”又对侯方域说：“世兄有福，享受如此美色。”

侯方域说：“香君天姿国色，今日插了几朵珠翠，穿了一套绮罗，十分花貌，又添二分，果然可爱。”

“这都亏了杨老爷帮衬哩。”李贞丽说。

香君向杨龙友施一礼，说道：“俺看杨老爷，虽是马督抚至亲，却也拮据作客，为何轻掷金钱，来填烟花之窟？奴家受之有愧，老爷施之无名，今日问个明白，以便图报。”

“香君说得有理。”侯方域说，“小弟与杨兄萍水相逢，昨日受礼太多，心里觉得不安。”

“既蒙问及，小弟只得实告了。”杨龙友说，“这些妆奁酒席，约费二百来金，都出自阮圆海之手。”

“是那皖人阮大铖吗？”侯方域问。

“正是。”杨龙友说。

“他为何这样周旋？”侯方域问。

“不过是要结交你这风雅才人。”杨龙友说。

“阮圆老原是我的年伯，小弟鄙薄他的为人，与他断交已久。”侯方域说，“他无缘无故送礼，令人不解。”

“圆老有一段苦衷。”杨龙友说，“圆老当日曾与吾辈是旧友。后来结交魏党，只为救护东林。不料魏党一败，东林诸人不能容他。近日定生、次尾又写《留都防乱揭帖》攻击他，无一人为他分辩。所以他每日向天大哭说：‘同类相残，伤心惨目，非河南侯君不能救我。’所以今日诚心纳交。”

“原来如此。”侯方域说，“俺看圆海情辞迫切，也觉得他可怜。纵使真是魏党，悔过来归，也不可拒绝。更何况罪有可原乎？定生、次尾都是我的至交，明日相见，就替阮圆老分解。”

“官人，你说得没道理！”香君愤怒地说，“阮大铖趋附权奸，廉耻丧尽；妇人女子，无不唾骂。别人攻他，官人救他，你把自己当成什么人了？原只为他助我妆奁，便要徇私废公吗？哪知道这几件钗钏花裙，原放不到我香君眼里。脱裙衫，穷不妨；布荆人，名自香！”说着，把拔下的簪子、脱掉的花裙愤然掷于地上。

杨龙友赧颜离去。侯方域也觉得李香君说得有理，依旧不理睬阮大铖。

镇守武昌的兵马大元帅、宁南侯左良玉，粮草缺乏，饥卒讨饷。左良玉仗着强兵勇将，想顺流东下，到南京就食。

杨龙友得了此消息，火速找到了正在听柳敬亭说书的侯方域，说：“有紧急大事，要找侯兄计议。”

“来得正好，大家听敬老平话。”侯方域见了杨龙友说。

“都什么时候了，还听平话！”杨龙友急得直跺脚。

“龙老为何这样惊慌？”侯方域说。

“兄还不知道，左良玉领兵东下，要抢南京，且有窥伺北京之意。熊明遇束手无策，故此托弟前来，恳求妙计。”

“小弟能出什么计策？”侯方域说。

“久闻令尊是宁南侯的恩师，若肯发一手谕，宁南侯必能退去。不知足下主意如何？”杨龙友说。

“这样好事，怎肯不做？”侯方域说，“但家父罢政归家，纵肯发书，未必有济。况且往返三千里，恐怕远水救不了近火。”

在场的几个人一时都没了主意。柳敬亭献计说：“侯相公素称豪侠，当此国家大事，岂忍坐视？何不代写一书，且救目前，以后禀明令尊？”

“妙，妙！”杨龙友击节称叹。

“随机应变，倒也可行。”侯方域说，“就此修书便了。”

侯方域写好书信。杨龙友却犯了愁，说：“只是一件，书虽有了，须差一个当家人早寄为妙。”

“小弟轻装薄游，只带了两个童子，哪能下得书来？”侯方域说。

“这样密书，岂是生人可以托付的？”杨龙友焦头烂额，手足无措。

“不必着急。”柳敬亭突然不慌不忙地说，“让我老柳走一遭如何？”

侯方域和杨龙友似绝处逢生。杨龙友说：“敬老肯去，妙得很。只是一路盘诘，也不是当要的。”

“不瞒老爷说，我老柳随机应变的口头，左冲右挡的膂力，都还有些。”柳敬亭说。

“闻得左良玉军门严肃，山人游客，一概不容擅入。”侯方域说，“你这般老态，如何进得去？”

“相公又来激我了，这是俺书中的熟套子。”柳敬亭狡黠地笑笑说，“我老汉要去就去，凭俺说书的舌尖儿问他个防贼自做贼，该也不该？”

柳敬亭走后，杨龙友不禁赞叹说：“竟不知柳敬亭是个有用之才。”

侯方域说：“我常夸他是我辈中人，说书乃其余技耳。”

杨龙友送走了柳敬亭，恐怕投书不稳，于是奏闻朝廷。会同各处督抚及在城大小文武，齐集清议堂，计议如何为左良玉筹集粮饷。

阮大铖说：“众所不知，左良玉出兵，实有内线勾结。”

“是哪个？”淮安漕抚史可法问。

“就是敝同年侯恂之子侯方域。”阮大铖说。

史可法不相信，说：“他也是敝世兄，在复社中铮铮有声，岂肯为此？”

“老公祖不知。”阮大铖说，“他与左良玉相交最密，常

有私书来往。若不早除此人，将来必为内应。”

凤阳督抚马士英附和着说：“说得有理，何惜一人，致陷满城之命？”

史可法说：“这也是莫须有之事。”说完，拂袖而去。

“这太屈他了。”杨龙友说，“敬亭之去，小弟所使。写书之时，小弟在旁，怎反倒疑起他来？”

“龙友不知。”阮大铖说，“那书中都有字眼暗号。”

“是啊，这样的人是该杀的。”马士英说，“小弟回去，即派人访拿。”

侯方域正在李家别院听香君唱戏，杨龙友风风火火地来报告。侯方域不禁大惊说：“我与阮圆海素无深仇，他为何对我下这毒手？”

“想来是因为却奁一事太激烈了，所以老羞成怒。”杨龙友说。

李贞丽在一旁说：“事不宜迟，趁早高飞远遁，不要连累别人。”

“说得有理。”侯方域发愁地说，“只是新婚燕尔，我怎么舍得离开香君？”

香君正色对侯方域说：“官人素以豪杰自命，为何学儿女之态？”

侯方域面有愧色地说：“是，是，但不知往哪里去好？”

“小弟倒有个算计。”杨龙友说，“会议之时，我舅马士英要访拿侯兄，史公却一力劝阻，且说与尊府原有世谊的。何不随他到淮，再候家信?”

于是，香君为侯方域收拾行装，二人洒泪相别。

崇祯十七年，皇帝缢死北京煤山。马士英、阮大铖等在南京迎立福王即位。马士英当上了宰相。

杨龙友的同乡田仰推升漕抚，托他寻一美妓，他便想到了香君。

香君自侯郎去后，立志守节，毫不犹豫地回绝了所有说媒的人。

侯方域随史可法督师江北。只因四镇将军高杰、黄得功、刘泽清、刘良佐为了争夺牌位，互不相让，自相残杀。高杰作反，渡江不得。史可法元帅宽恩不斩，命他戴罪立功，坐镇开、洛。又派侯方域亲自随往，以防疏虞。

马士英官居宰相，炙手可热。一日设席万玉园中，会些亲戚故友。席间欲寻几个戏子助兴。听说李香君《牡丹亭》唱得好，便命人唤她来。

阮大铖在一旁说：“前日田漕台用三百金，要娶做妾的就是她，可她回绝了。”

“有这样大胆奴才!”马士英怒道，“就叫长班家人，拿着衣服财礼，径去娶她。莫管她鸨子肯不肯，竟将香君拉上轿子，今夜送到田漕抚船上。”

杨龙友带了人来到院里，说明来意。李贞丽不禁恼怒地

说："田家亲事，久已回断，为何又来歪缠？杨老爷从来疼俺母子，为何下这毒手？"

"不干我事。"杨龙友说，"那马士英知你拒绝田仰，动了大怒，差一班恶仆登门强娶。下官怕你受气，特为护你而来。"

李贞丽说："如此多谢了，还求老爷救解。"

杨龙友说："我看三百财礼，也不算吃亏。香君嫁个漕抚，也不算失所。你有多大本事，能敌他两家势力？"

"杨老爷说得有理，看这局面，拗不过了。"李贞丽对香君说，"孩儿趁早收拾下楼吧！"

"妈妈说哪里话来！"香君愤怒地说，"当日杨老爷做媒，妈妈主婚，把我嫁与侯郎。满堂宾客，谁没看见？现还收着定盟之物呢。"她到屋里取出侯方域与她订盟的扇子，又说："这首定情诗，杨老爷都看过，难道都忘了不成？"

"那侯郎避祸逃走，不知去向。"杨龙友说，"倘若他三年不归，你也等他吗？"

"莫说等他三年，我愿等他十年，等他一百年，只不嫁田仰！"李香君说。

"哎呀，好气性，又像摘翠脱衣骂阮圆海的那番光景了。"杨龙友道。

"阮、田同是魏党，阮家妆奁尚且不受，倒要跟着田仰吗？"香君说。

楼下的人等得急了，喊道：“夜已深了，快些上轿，还要赶到船上去哩。”

李贞丽苦劝香君说：“傻丫头！嫁到田府，少不了你的吃穿哩。”

“呸！我立志守节，岂在温饱？”香君坚定地说。

李贞丽见劝不动香君，便狠下心说：“事到今日也顾不得她了。”又冲杨龙友说：“杨老爷放下财礼，大家帮她梳头穿衣。”说着与杨龙友走上前去。香君见他们欺过来，忙用手中的扇子前后乱打，口里说着：“别碰我，别碰我！”一柄诗扇，倒像一把防身的利剑。

李贞丽道：“草草妆完，抱她下楼罢。”

杨龙友强行上去抱起香君，香君拼死挣开杨龙友，哭着说：“奴家死不下此楼。”说完一头撞向书案，顿时鲜血溅了满地，诗扇上血迹斑斑，香君也昏死过去。

楼下的人等不及，上楼来，见此情景，面面相觑。

“我儿醒醒，我儿醒醒……”李贞丽哭着呼叫香君。

“娼家从良，原是好事。况嫁与田府，不少吃穿。香君既没造化，你替她享受去吧！”杨龙友对李贞丽说。

“事已至此，只好我走一趟了。”李贞丽说，“不好，只怕有人认出我。”

“我说你是香君，谁能辨出来？”杨龙友说。

李贞丽走后，姐妹们伺候着香君，她的身体慢慢好些

了。几天来，她独守空楼，无聊时便拿了那柄溅了血点的扇子，暗自落泪。

这一天，杨龙友和苏昆生来看望香君。见了香君手中的扇子，便说："几点血痕，红艳非常。不如添些枝叶，点缀起来。"

"只是没有绿色。"苏昆生说，"待我采摘盆草，扭其鲜汁，权当颜色吧。"

杨龙友在扇子上点染几笔，画成几朵折枝桃花。香君取过手中，看后说："唉！桃花薄命，扇底飘零。多谢杨老爷替我写照了。"

"香君这段苦节，念世少有。"杨龙友向苏昆生说，"昆老看师弟之情，若寻着侯郎，将她送去，也省俺挂念。"

"是，是，一向留心访问，知他随任史公半载，今又同着高杰防河去了。我不久还乡，顺便找寻。须得香君一书才好。"

"奴家千愁万苦，俱在扇头，就把这扇儿寄去吧。"李香君说。

"这封家书，倒也新鲜。"苏昆生说。他接过香君封好的扇子，道了一声"香君保重"，便下楼去了。

一日，马士英、阮大铖等在赏心亭赏雪，硬拉了香君等陪伴。香君想：难得他们凑来一处，正好吐俺心中之气。只因香君年纪最小，被马士英等看中，命她唱些行乐的曲儿，只听香君唱道：

堂堂列公，
半边南朝，
望你峥嵘。
出身希贵宠，
创业选声容，
后庭花又添几种。
把俺胡撮弄，
对寒风雪海冰山，
苦陪觞咏。

马士英又惊又怒，斥道："哇！这妮子胡言乱语，该打嘴了。"香君不理，又继续唱道：

东林伯仲，
俺青楼皆知敬重。
干儿义子从新用，
绝不了魏家种。

"好大胆，骂的是哪个，快快将她丢在雪中。"阮大铖一把将香君推倒在雪地上，用脚猛踢。香君仍不绝口：

冰肌雪肠原自同，

铁心石腹何愁冻。

弘光帝遍选民间歌妓，香君被选入宫。

侯方域随军防河。高杰当面责骂总兵许定国，侯方域居中调停无效，许定国杀了高杰降清，顿时黄河上下大乱。

苏昆生骑驴来到黄河堤上，被逃兵抢了驴，还被推下黄河。李贞丽乘坐漕标报船经过这里，将他救起。原来李贞丽到了田府，田妻悍妒不容，李贞丽被田仰卖给了船上的老兵。

侯方域买舟东下，泊船岸边，听出苏昆生的声音。三人相见。苏昆生拿出香君的桃花扇，侯方域睹扇思人，潸然泪下。

马士英、阮大铖等上台后，专以报仇雪恨为事。侯方域到了南京便被捕下狱。

推官张瑶星，受命审理复社一案。他念自己是先帝旧臣，不肯助纣为虐，眼看国破家亡，万念俱灰，归隐栖霞山中。

苏昆生得知侯方域被捕后，星夜赶往武昌，恳求左良玉解救侯方域出狱。左良玉果然大怒，连夜发了一道檄文，随后要发兵进讨。然而其子左梦庚妄思进取，致使出师受挫，左良玉气绝身死。

内部相残，丢下黄河千里空营。清兵南侵，包围了扬州城，南京城里的弘光帝和大臣们仓皇逃散，香君也趁乱逃出。

苏昆生到院中打听侯方域的消息，正遇见香君收拾行李。香君执意要找侯郎，二人料侯郎不能渡江，便随众人去往东南栖霞山中。

史可法率三千子弟死守扬州，力尽粮绝，外援不至。他自缒出城，去南京保驾，见皇帝也走了，归去无路，只好沉江自尽。

侯方域出狱后，东躲西藏，终无栖身之地，闻得史可法投江，悲痛万分。他与柳敬亭商议，要寻一个深山古寺，暂避数日。正碰上从太常寺逃出的老赞礼，便相约一道去往栖霞山中。

七月十五日，香君在周皇后坛前挂了宝幡，又到讲堂参见法师。叩头后随道众站立一边。

侯方域随一个清客来到这里。清客拜过坛后，说："侯相公，这是讲堂，过来随喜。"

"来了。"侯方域说，"久厌尘中多苦趣，才知世外有仙缘。"拜过后也站立一边。

只听法师拍案讲道："你们两廊善众，要把尘心抛尽，才求得向上机缘。若带一点俗情，免不了轮回千遍。"

侯方域猛然在人群中看见了香君，情不自禁地走过去拉住她："香君，如何来到此处？"

香君一惊："你是侯郎？"

侯方域指着桃花扇说："看这扇上桃花叫我如何报答你。"庵主拉着香君的手，清客拉着侯方域的手说："法师在堂，不可只顾诉情了。"

侯方域和香君依然痴迷地对视着。

"哇！何处男女，敢到此处调情。"法师大怒着说。他走下坛来，夺过侯方域手中的桃花扇，撕个粉碎，扔到地上，说："我这边清净道场，哪容得狡童游女，戏谑混杂！"

"这不是张瑶星先生吗？"侯方域认出做了法师的张瑶星，"前日多蒙超豁，我多谢你了。"说完向法师施礼。

"你是侯世兄，幸喜出狱了。"张瑶星说，"俺原是为你出家的，你可知道吗？"

"俺与香君世世图报。"侯方域说。又对香君说："待咱夫妻还乡，都要报答的。"

"你们絮絮叨叨，说的都是什么话！"张瑶星说，"当此地覆天翻，还恋情根欲种，岂不可笑！"

"此言差矣！"侯方域说，"从来男女室家，人之大伦，离合悲欢，情有所钟，先生如何管得？"

"呵呸！"张瑶星愤怒地说，"两个痴虫，你看国在哪里，家在哪里，君在哪里，父在哪里？偏是这点花月情根，割他不断吗?”

几句话，说得侯方域和香君冷汗淋漓，如梦忽醒。

于是二人割断情缘，出家学道。

(改写自孔尚任《桃花扇》)

白蛇永镇雷峰塔

峨眉山有一条白蛇，从前在西池王母蟠桃园中，心身修炼。现在养成了气候，道术无穷。近来她要去往尘凡度（使人离俗出家）有缘之士。

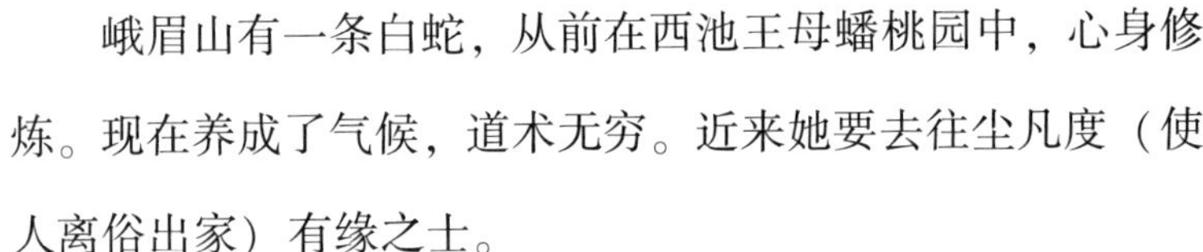

白蛇来到临安，无处藏身。听说双茶坊巷裘王府的宅院有一所空房，非常幽雅，便来到这里，见其果然是一所好房屋。但是这所宅子早被蛇妖青青占住了。青蛇从前在一座海岛上居住，只因风雨大作，来到西湖，降伏了水族万余。白天与水族们一同玩耍，夜间就在西湖边双茶坊巷裘王府空宅内安身。

白蛇正在观望间，青蛇出现在她面前。

“呔！何方孽怪，胆敢闯入我的巢穴？”青蛇问。

“我乃白云仙姑是也。”白蛇说，“你是什么妖魅，敢来问我？”

“俺乃青青是也。”青蛇说。

“哇！你不过一个小小青蛇，敢霸住此地？”白蛇说，“劝你快快离了此地，方保性命。”

青蛇愤怒地说：“泼妖休得无礼，俺来擒你也。”说着，青蛇挥舞青龙剑向白蛇刺来，白蛇拔剑应战。不过几个回合，青蛇被白蛇打翻在地。白蛇正要斩，青蛇求饶道：“小畜有眼不识大仙，望乞饶恕。”

白蛇住了手说：“既如此，且饶了你的命。”

青蛇谢过白蛇，问：“请问大仙从何而来？”

“贫道从峨眉山到此，欲度有缘之士。”白蛇说，“只是少一随从，你可变成一侍儿，相随前往，不知你意下如何？”

“愿随侍左右。”青蛇答应说。

白蛇说：“既如此，你且变来我看。”

青蛇摇身一变，顿时成了一个伶俐的侍儿模样，问白蛇道：“大仙，变得好吗？”

“好！”白蛇高兴地说，“今后主婢相称，就叫你青儿便了。你在此多年，必知何处游人最盛。”

“此处湖上游人最多。”青儿答。

“如此，你我就到西湖便了。”

临安许宣，家业飘零，只有一个姐姐，嫁给了钱塘县中的一个马快（旧日衙门骑马的捕役）李仁。李仁见许宣一身落魄，百事无成，就荐他到铁线巷王员外生药铺里做个店员，暂且谋生。

清明节，天气晴和，许宣往爹娘坟上祭扫一番。回家的路上，见湖光似镜，车马如云，春色可爱，便唤了一只小船，慢慢地一路游玩回去。

白蛇和青儿正在西湖上方游弋。白蛇说："青儿，我看那些游人，尽是凡夫俗子，只有方才祭扫坟墓的那生，风流俊雅，道骨非凡，若得结成奇缘，不枉我来此。"

"娘娘，"青儿说，"看他独坐舟中，我们如何接近他呢？"

"不妨。"白蛇说，"待我顿摄骤雨，那生必定停舟。那时，你我上前，只说是附舟。你须要随机应变。"

"晓得。"青儿答。

白蛇作法，顿时风雨骤起。湖中的许宣忙叫船工靠岸。白蛇和青儿走近前去，青儿热情地说："船家，你们往哪里去呀？"

船工说："到草桥门去。"

青儿说："船家，到草桥门咱们是顺路，我们能搭上你们的船吗？"

"使不得。"船工说，"我舱里有位官人，不方便啊。"

青儿说："你看这么大的雨，又没处躲避，就烦你对船内的官人说，行个方便吧！"

船工走进船舱向许宣说："官人，岸上两位标致娘子，也要到草桥门去的，想搭船。"

“何妨。”许宣说，“天上人间，方便第一。快请她们上来。”

许宣走出船舱，青儿先上了船。白蛇上船时，故意跳得重了些，许宣伸手去扶，白蛇羞怯地背过身去。

“娘娘。”青儿说，“我们就在此间站一站吧！”

“二位小娘子，外边风雨太大，请到舱中来。”许宣说。

“娘娘，既蒙官人相请，我们就暂且进舱去。”青儿说。

白蛇和青儿都坐下了。白蛇感激地说：“中途遇雨，幸附宝舟，得免狼狈，感激不尽。”

“岂敢。”许宣说。

“请问官人贵姓？”白蛇问。

许宣答道：“姓许名宣，表字晋贤。”

“家住何处？”白蛇又问。

“在铁线巷中。”许宣说。

“请问宅上娘娘，今年多少年纪了？”白蛇问。

“我只因为家贫，尚未婚娶。”许宣答。

青儿问：“聘是聘下的了？”

“也还未。”许宣说。

“娘娘，”青儿说，“官人这等青年，还是形单影只，可恨那月下老人，太不均匀了。”

“姐姐，”许宣问青儿，“请问你家娘娘贵姓？”

青儿答道：“我家娘娘嘛，是原任杭州白太守的小姐。

先老爷在日，将我家娘娘招赘于此。”

“尊居何处？”许宣又问。

“在荐桥双茶坊巷裘王府隔壁。”青儿答。

“原来是位千金小姐，失敬了。”许宣对白蛇说，“小姐，想是踏青而回？”

青儿抢着说：“不是，只为祭扫我家姑爷坟墓。”

白蛇伤心地哭起来。许宣不禁同情地劝道：“娘子请免愁烦。”

外面雨稍小了些，许宣吩咐船工开船。一会儿，船到了草桥门，三人弃船上岸。白蛇对青儿说：“青儿，清早出门，忘带零钱。你可向许官人借些，到家奉还。”

“何妨。”许宣说，“船家，二位小娘子的船钱，都在此，请收了。”

“娘娘，”青儿说，“你看雨仍不止，到家尚远，这可怎么办呢？”说完看了看许宣。

许宣忙说：“不妨，我有把旧伞，寄在前面朋友家中。二位在此稍待，我去取来，与二位打了回去吧。”

许宣去朋友家取伞。青儿说：“娘娘，你看那许官人恭俭温良，今日得与娘娘相逢，若是一朝你俩配成双，青妹我也觉心欢畅。”

一会儿，许宣取伞回来，将伞交给白蛇，说：“伞儿在此，二位娘子回家吧！”

白蛇说："这伞待明日，青儿送还你。"

"不消费心。"许宣说，"明日还要到府上奉拜，何劳青姐贵步?"

青儿说："既如此，明早我在门首等候许官人便了。"

"天色已晚。"许宣说，"恕不远送，请行吧。"

许宣送走了二位娘子，心中大喜。他没想到无意中遇着如此佳人，且叙出许多衷曲。于是一夜不曾入眠，第二天一大早便神魂不定地来到双茶坊巷。

青儿见许宣早早来到，忙迎上前说："官人真是守信的人。我家娘娘已等候多时，里面请坐。"

"青姐请。"许宣礼貌地说。

"许官人，"青儿说，"我有一桩喜事要对你说。"

"有何喜事?"许宣问。

青儿说："我家娘娘昨晚归家，在我面前，说及官人，十分爱慕。"

"是吗?"许宣高兴地问。

"我家娘娘独居无依，欲把终身相托，不知官人意下如何?"青儿说。

许宣说："青姐，多谢你家娘娘美意，但小生父母亡后，一身落魄，囊底萧然。虽承你家娘娘雅爱，实难从命。"

"许官人若说窘迫，我家娘娘囊中自有，何必忧虑?"青儿说，"只是一会儿在娘娘面前，不要说我是这样说的。"

“这个自然。”许宣说。

二人进门后，白蛇向许宣施礼，说：“许官人万福，请坐。”

“有坐。”许宣客气地坐了。

“夜来遇雨，多蒙照顾。”白蛇说。

许宣客气地说：“区区小事，何足挂齿。”

白蛇问许宣：“请问官人，尊庚多少？”

“虚度二十。”许宣答。

“啊呀！”青儿说，“如此说来，我家娘娘倒长一岁。”

“奴家有一言奉告……”白蛇欲言又止。

“不知小姐有何见谕，小生自当从命。”许宣说。

青儿说：“许官人，你既未娶，我家娘娘孤身，况且二人年貌相当，如若成就百年姻眷，岂不是好！”

“只是我家徒四壁，不敢承奉。”许宣说。

“只要你我情意相投，我不介意你贫穷。”白蛇说。

许宣说：“既蒙小姐不弃，我只得厚颜从命了。”

“如此，看酒来！”白蛇与许宣共举酒杯，对拜而饮。青儿在一旁说：“恭喜！恭喜！”

白蛇让青儿从箱笼里取了两锭银子，送给许宣，说：“奴有白银两锭，聊以相赠。官人回去，即央媒说合，早成美事。”

“就此告别。”许宣收下银子说。

白蛇目送许宣远去。

许宣的姐姐许氏和姐夫李仁，正在为许宣的亲事着急。许宣将自己与白氏的亲事一说，李仁夫妻都非常高兴。当许宣拿出白蛇送给他做聘资的两锭银子时，李仁大惊。原来县府库中失了元宝四十锭，元宝上都有字号铃记（旧时印的一种），县官正责令李仁等人缉拿贼赃。许宣的两锭银子正是赃银。于是，李仁问明了白氏的居所，让许宣出外躲避一时，他便拿了赃银到县府出首。

县官立刻派人到裘王府捉拿赃犯。白蛇、青儿略施小技，先后遁去。李仁等从府中搜出另外三十八锭银子，送回县府。

许宣持了李仁的信，来到李仁的相好苏州吉利桥王敬溪店中避祸。

白蛇带了青儿来到吉利桥寻他。到了王家店门口，青儿问道："里面有人吗？"

王敬溪开了门，问："是哪个？"

"伯伯，"青儿说，"借问一声，你店中可有位杭州来的许官人住下吗？"

"有的，你问他怎的？"王敬溪说。

青儿说："相烦伯伯说一声，我家娘娘同一侍儿从杭州到此，特来寻访。"

王敬溪一听，说："哎哟，如此远来，请到里边稍坐，

待我去请他出来。”

许宣被王敬溪请出来，白蛇、青儿一同上前施礼，说：“官人别来无恙？”

许宣被吓得魂飞魄散，忙拽住王敬溪说：“老丈，快些赶她们出去，快些赶她们出去……”

青儿说：“官人，我们受了千辛万苦，来到此间，为何反是这般光景？”

白蛇说：“官人，休要错怪了我。今日特来与你说明此事，以明我一点心迹。”

“许官人息怒。”王敬溪说，“小娘子，你且坐了，待我唤老荆出来相陪。”

王夫人走出来，见了白蛇仙姑说：“原来是位娘娘。”

“伯母，走开些，这是妖怪，不要睬她。”许宣依旧惊慌地说。

王夫人说：“这是一位标致娘娘，怎说是妖怪？”

“官人，”白蛇说，“我一诺终身终不改。既把终身相托，官人就是我的夫主了，难道反来移害于你？若说那银子来历不明，理当坐罪于先夫。奴家是一寡妇，哪里知道？”

“住了。”许宣仍不饶，“我想那银子，或许是你前夫所有，也不可知。只是我姐夫来信说道，那日来人拿你时，明明见你坐在楼上，及众人上前，一霎时就不见了，还说不是妖怪？”

“气死我也！”白蛇说，“我们所住的本是裘王府的旧宅，空房颇多。那日公差前来，我见势头不好，只得将计就计，潜身躲在厢楼之内。为此他们以为我是鬼怪，害怕不敢搜寻。见了银子，就去了，我才得脱离罗网。”

许宣见白蛇说得合情合理，便点了点头。

青儿说：“所以，我和娘娘才前来寻访，并讨婚姻的信息。”

“不料你心中反疑我们，也是我命该如此。”说完，白蛇伤心地哭了起来。

王夫人劝白蛇说：“不要哭。当初既许过嫁与官人的，今日心事又已辨明，难道怕他断绝了这门亲事不成？”

“官人，”青儿说，“你也不要执性，我家娘娘为了你，不知吃了多少艰辛。”

王夫人说：“你们既有终身之约，就在此间成就了百年姻眷，如何？”

“这个使不得。”白蛇和许宣同时说。

“有啥使不得？”王敬溪说，“老夫做男媒人。”

“我做女相伴。”王夫人说，“你二人拜拜天地就是了！”

说着，王敬溪老两口拉白蛇和许宣拜了天地。

“许官人，”王敬溪说，“你二人既已成亲，我间壁有所空房，待我叫小二去收拾收拾，请官人娘子住下。”

“若得如此，感激不尽！”许宣与白娘子向王敬溪夫妇

俩施礼感谢。

许宣与白蛇成亲后，夫妻二人和青儿借寓王家。但这终不是长久之策，他们就在附近租了几间坍颓不堪的房子，准备自己开行。

清晨，白娘子催促许宣去王敬溪家辞谢。当他回家时，发现自家的房子都变成了崭新崭新的，便奇怪地问白娘子："娘子，鄙人今早出门时，还是破落门墙，怎么这一会儿变得如此华丽?"

白娘子说："是奴家今早唤了许多匠人，催促完工的。"

许宣说："就是张鲁二班，一时也来不及。"

"只要工匠多些，何愁不快?"白娘子说。

青儿说："官人，常言说得好，'有钱使得鬼推磨'嘛。"

许宣又问："桌上这些东西，要它何用?"

"今乃黄道吉日。"白娘子说，"为此备下三牲祭品，贡献财神，即便开张店面。"

"娘子，"许宣赞叹地说，"你好周到啊!"

从此，白娘子与许宣辛辛苦苦地经营起一家药店，生意一日比一日兴隆。

四月十四日，是孚佑真君纯阳老祖圣诞日。许宣备了香烛到神仙庙中去行礼拜，并问前程。许宣随着无数善男信女拈香叩祷后，站过一边。

神仙庙的法师魏飞霞行香时，见了许宣，感到很奇怪，便把他请过一边说："贫道有一言奉告，官人若不见外，方敢唐突。"

"岂敢！师父有话，但说不妨。"许宣说。

法师说："我看你额上有一道黑气，一定是被妖缠上了。若不早除，其祸非小。"

"哎呀！"许宣一听害怕起来，说，"不瞒师父说，家中妻婢二人，其实来历不明，每每生疑。今蒙法眼看出，但不知有何妙术治她们？弟子感恩不尽。"

"啊！果有此事。"法师说，"你就将往日情形细细说来，自然有法驱除。"

许宣将细情和盘托出。法师听了许宣的话，说："我如今为你除去此妖如何？"

"万望尊慈搭救。"许宣感激地说。

"待我画道灵符与你，你可对天祷告。"法师说。

许宣跪地向天祷告。法师画了两道灵符，对许宣说："许官人，现有灵符两道。一道藏在你发中，一道将来烧化了，哄那妖服下，自有神验。"

"多谢师父。"许宣叩头说。

许宣前往神仙庙中进香，白娘子在家中忽然心绪不宁起来。她掐指暗算，知道了许郎被法师煽惑，顿时愤怒至极。她对青儿说："可笑那道人狂妄，好难容恕。"

青儿担心地说："倘官人不念夫妇恩义，听那贼道言语，可怎么办呢？"

"不妨，待许郎回时，我自有办法。"白娘子说，"你唤了孩儿们，到那庙中，将那泼道擒来吊起，教训他一番。若不将那道人远逐他方，怎能绝我后患？"

许宣战战兢兢地回到家中，白娘子问："官人为何回家如此晚？"

"鄙人只为贪看仙观景致，所以归迟。"许宣说。

青儿说："方才我同娘娘在门外探望，听得人说，你被那道人用言煽惑，欲害我们。"

"可有此事？"白娘子问。

"娘子，"许宣胆怯地说，"鄙人并无此事，休得见疑。"

"既无此事，你手中拿的是什么东西？"白娘子指着许宣的手说。

"这是卑人请回的祖师圣像。"许宣极力遮掩。

"唉！"白娘子叹道，"我和你相聚到今，何等恩情。你为何听信道人言语，反将我来污蔑？"

"娘子请息怒，待鄙人告禀。"许宣悔过说。

青儿愤怒道："快说！"

许宣说出了实情，并将两道灵符取出来准备扯碎，被白娘子拦住。她说："住了，若扯碎了，你的疑心怎除？快拿来烧化，待我服之，看可有应验？"又对青儿说："你替我到那庙中，扯那妖道来，当面辨别。”

“晓得。”青儿应声去了。

“官人，”白娘子说，“快将此符烧化起来。”许宣将符烧化，将盛着符水的杯子递给白娘子。白娘子趁许宣不注意，背身做了手脚，然后当着许宣的面喝下去。隔了一会儿说：“我已吞下多时了，怎么不见任何反应？你听信妖言，把我如此捉弄，气死我了！”

正在这时，青儿和四个小鬼将魏飞霞捉来了。

“你这妖道！”白娘子说，“胆敢妖言惑众，哄骗良人？”

“呔！”魏飞霞气焰嚣张地说，“何方妖魅，敢将我如此戏谑？”

“还敢胡言乱语，青儿与我着实打！”白娘子吩咐说。

青儿将魏飞霞一阵好打，打得他哭天喊地：“哎哟，许官人救我一救！许官人救我一救……”

“娘子，”许宣看不过说，“看我薄面，放了他吧。”

“但恐放了他，他又诬害良人。”白娘子说，“还是送他到官府治罪的好。”

许宣执意说：“还求娘子饶恕！”

“既是官人再三讨情，青儿，问他可再敢妖言惑众否？”

“再不敢了。”不等青儿问，魏飞霞叩头说。

“既如此，放他去吧。”白娘子说。

青儿放开手，白娘子吹了一口气，魏飞霞顿时不见了。

“好奇怪!”许宣说,“那道人化道白光而去,这定是个妖魔了!”

白娘子和青儿问许宣:“官人,我们可是妖怪吗?”

“说哪里话!”许宣说,“我一时昏昧,为他所惑,望娘子恕罪。”

“娘娘倒罢了。”青儿余怒未消地说,“只是今后官人的耳朵要硬挣些。”

端阳节,许宣置买了雄黄酒,准备过节。他见白娘子愁眉不展,便问道:“娘子今日为何愁眉苦脸,莫非有甚得罪处吗?”

“我身子不安,官人休得见疑。”白娘子说。

“既是身子不快,待我为你诊一诊脉气如何?”许宣说。

“多谢官人。”娘子说。

许宣诊过之后,说:“恭喜贺喜,娘子已经身怀六甲了,此酒一定要吃的。”

“我有病在身,不能奉陪。”白娘子说。

“这是喜酒,一定要吃的。”许宣说,“娘子若果不吃,我也不吃了。”

白娘子见丈夫如此恳切,推托不过,说:“既如此,待我勉强饮一杯。”说罢,她端起雄黄酒饮了几口。饮酒后,身子一阵不安。许宣见状,忙扶她上床躺下。

青儿正在外边煮茶。当许宣去取了茶水进来,准备让白娘子喝时，掀开帐帘见到帐里卧着一条白蛇。许宣“啊呀”一声，顿时昏死过去。

青儿一听，便知是娘娘醉后露出真形，急忙跑进屋来，呼唤白娘子：“娘娘，我方才嘱你不要弄出事来，还不快醒来！”

白娘子伸了个懒腰醒来，说：“好睡啊。”

“好睡，好睡，只怕你要懊悔！方才你醉后露出原形，把官人吓死了。”青儿说。

“啊呀，有这等事！”白娘子慌忙抱起许宣，“许郎、许郎苏醒！”

许宣睁开眼，仍昏沉不省人事。白娘子和青儿将他抬到床上后，白娘子说：“青儿，我别无计策，只得往嵩山南极仙翁处，求他的九死还魂仙草，才救得官人的命。”

说完，改成道装，出门去了。

南极仙翁为白娘子的诚心所感，让鹤童取一茎仙草给她。白娘子取回仙草，亲自煎好，让许宣服了。不几日，许宣便好了。

原来许宣是一捧钵侍者，与白蛇旧有宿缘。如来佛怕白蛇和许宣堕入迷途，忘记自己的本来面目，便命法海持钵盂和宝塔下凡收服白蛇，点悟许宣。

法海奉了如来佛旨，住到了金山寺中。许宣听说金山寺有个法海禅师，德行非常，便想到那求法师指点迷津。他向

白娘子说是要去金山寺拈香。白娘子不肯，许宣执意要去。白娘子再三嘱咐他参拜之后随即就回，切勿往方丈中与和尚说话。

许宣走后，白娘子还是不放心，就同青儿乘风鼓棹跟来。白娘子对青儿说："这金山寺中有个法海禅师，法力无边，不比凡僧。许郎倘被他点悟，我终身就无结局了。"

到了金山寺，白娘子让青儿前去喊话。青儿喊："许官人快些出来！娘娘在此迎接你回去，快些出来！"

一个叫慧澄的小和尚走出来，见是两位娘子，问道："你们来和尚寺，是烧香，还是还愿？"

"啐！"青儿说，"我家官人在里面拈香，烦你快唤他出来。"

"啊！有个许宣，我家禅师不让他下山。"慧澄说。

"为什么？"白娘子和青儿急切地问。

"禅师说有白蛇和青蛇缠绕着他。"慧澄说，"你官人一心要出家，你们回去吧！"

"胡说！"白娘子说，"人家夫妇，怎生擅自拆散？你快去报与法海知道，若不放出官人，叫你们一寺的和尚……"

"敢是有啥布施？"慧澄问。

"俱是个死！"白娘子说。

慧澄被吓坏了："哎哟，凶得很！我去报与禅师知道。"

法海取来随身的法宝钵盂禅杖走出来。

“老禅师，”白娘子说，“快叫我官人出来。”

“孽畜啊，孽畜！”法海指着白娘子说，“你爱河里欲浪滔滔，劝你早早回头，莫要迟延！”

“你若不放我官人，我决不与你干休。”白娘子说。

“你丈夫已皈依三宝了。”法海说，“此处是庄严佛地，休得在此胡缠。”

“秃驴，你快还我丈夫便罢！”白娘子说，“如若不然，教你性命霎时休！”

“你有什么道术，竟敢这样狂言？”法海说，“我已将你妖变的根由，一一点明。许官人害怕，不肯与你为夫妇，你只管苦苦缠他干什么？”

“你拆散人家夫妻，天理何在？”白娘子愤怒地质问法海。

“你这妖孽，既知天理，为何在人间害人？”法海说。

白娘子说：“我敬夫如天，何曾害他？你明明煽惑人心，使我夫妻离散。你既不仁，待俺擒你这秃驴来也！”

法海挥动青龙禅杖，迎战白娘子。同时，他还吩咐护法神将风火蒲团祭起空中。

白娘子命水族们兴起大水，水势直漫到金山顶上。

法海也施展法术。他用自己的袈裟罩住了山头，水势退了下去。

法海想用钵盂罩住白娘子，可是当他刚祭起钵盂，白娘子立刻遁去，法海只得收回钵盂。

许宣赶上来问法海："禅师，可曾收那妖孽？"

"这孽畜，腹中怀孕，不能收取。"法海说。

许宣问："她如今往哪里去了？"

"她此去，必往你姐丈家中安身。待我送你到那里，了此孽缘。"法海说。

"哎呀，禅师，她此去必然害我残生。弟子宁死江心，决不与她相聚！"

"不妨。你与她宿缘未满，她对你无相害之心。倘有什么言语，总推在老僧身上便了。待她到家分娩之后，你可到净慈寺寻我。那时我自有区处。"法海说完，便送许宣出了金山寺。

白娘子逃离金山寺，来到断桥亭，腹内一阵疼痛，青儿忙扶她到亭内歇息。许宣要去姐丈家，正好也路过断桥，他见了白娘子和青儿，转身便逃。白娘子和青儿急急赶上前去，抓住许宣。白娘子气愤地说："许宣，你还要往哪里去？你好薄幸也！"说完，痛哭起来。

"啊呀，娘子，你请息怒，听我一言。"许宣说，"那日上山之时，本欲就回，不想被法海那厮煽惑，一时误信。使娘子受此苦楚，实非小人之故啊！"

"啐！"青儿愤然说，"你且收了这假慈悲。我家娘娘何等待你？"

许宣说："娘子之情我自知晓。"

"你既知夫妻之情，怎敢听信秃驴言语？害得我姐妹漂泊伶仃，几丧残生。我恨不得将你这狠心的……"

青儿说着拔出剑来，白娘子上前拦住青儿。许宣被吓得跪地求饶："青姐，看在平时恩情，求姐姐宽恕我吧。"

青儿说："这时候赔罪，可不迟了？"

白娘子说："下次再敢如此？"

"再不敢了！"许宣说。

白娘子说："官人起来吧！"

"多谢娘子。"许宣站起身，又谢过青儿。

"只是如今我们向何处安身才好？"白娘子说。

"请娘子权且到我姐丈家中住下。"许宣说，"青姐，我和你扶娘子到前面去。"青儿不理许宣。许宣又对白娘子说："娘子，你看青姐总是怨恨我，这怎么办？"

"青儿，"白娘子说，"我想此事都是法海那厮不好，你也不要太执性了。"

青儿饶过了许宣，同许宣一道将白娘子送到许宣姐丈家里。

姐夫李仁问起别后情形和昔日银锭之事，许宣和白娘子仔细解释，李仁夫妇前嫌尽释。许氏去年生有一女，名唤玉梅。听说弟妹即将临盆，约定倘若生男，即结为秦晋之好。

白娘子果然生下一子，取名世麟。半个月后，许宣来到

净慈寺。法海说："既如此，你将此钵带回，不可使妖知道。到明日巳牌时分，待她梳妆之际，将此钵合在她头上，定可将她拿住。"

许宣踌躇地说："弟子碍于夫妻之情，不忍下此毒手。"

"也罢。"法海说，"待我明日巳牌时分，亲自收取便了。"

许宣回家后，将此事告诉了李仁夫妻，第二天送他们往亲戚家去躲避。

白娘子正抱着儿子等丈夫回家。青儿说："娘娘，现在将近巳牌时分，官人怎么还不见回来？"

"青儿，"白娘子说，"你去取我镜台衣服出来。"正在此时，许宣回来了，白娘子问："官人，怎么不同姐夫、姐姐一同回家？"

"我恐娘子寂寞，所以先回。孩儿睡熟了？"许宣说。

"才睡着，不要惊他。"白娘子说。

青儿出来，与许宣打过招呼说："娘娘，镜台衣服在此。"

"放下。"白娘子说，"你抱小官人进去安睡，到厨房去做早膳吧！"

青儿抱了孩子进了里屋。许宣对白娘子说："请娘子整妆。"

"多谢官人。"白娘子说。

许宣忙前忙后伺候娘子梳妆，白娘子感到从未有过的幸福。

突然，法海带着两个揭谛神出现在她面前："呔！孽畜！你如今孽缘已尽，大劫难逃！"

白娘子大惊。她跪在地上求饶："哎呀，我佛慈悲，望饶过我性命！"

法海用钵盂收白娘子。白娘子夺路而逃，被两个揭谛神拦住去路。白娘子被法海收进钵盂里，现出了白蛇原形。

青儿听见外边乱喊，出来观看，被吓得跌了一跤。见了钵盂，奋力上前抢夺白蛇，被法海拦住。青儿跺脚骂许宣道："许宣，你好狠心也！俺要为姐姐报仇冤！"说着扑向许宣，又被两个揭谛神拦住。她抽身欲逃走，被两个揭谛神擒住，只得求饶："禅师饶命！"

法海说："念你修炼千年，不肯伤你。只将你锁在七宝池边，听候佛旨便了。"

在一旁的许宣看到这一切，暗自想道：白氏虽系妖魔，待我毕竟恩情不薄。今日之事，目击伤情，觉得自己太负心了。想到这里，不禁羞惭万分。他向法海虔心地说："弟子尘心已断，愿随师父出家。"

"善哉，善哉！"法海说，"你宿根不昧，回向西方，只要一心不乱，管叫你立地成功。你速把家事料理，到净慈寺来，我与你同登极乐世界。"

“多谢师父。”许宣说完走了。

法海唤来雷公、雷母及众火神，说：“吾奉佛旨，收取妖蛇埋于雷峰塔底，永远镇压。仍恐她乘机逃遁，速将三昧真火，与我烧炼成功者。”

火神将钵盂放置塔内，绕塔三周，又将钵盂取出交给法海，说：“启禅师，塔已炼过了。”

法海说：“白蛇听着：雷峰塔倒，西湖水干，江潮不起，才是你再生之时。”

多年后，白蛇之子许世麟得中状元，欲拆毁雷峰塔。圣主不从，特赐还乡祭奠。如来佛怜他一片孝心，令揭谛神放他母亲，使其相见一面。许世麟见了母亲，哭得死去活来。母亲嘱咐儿子说：“儿啊，事已如此，不必悲痛。但愿你日后夫妻和好，千万不可学你父薄幸！”

（改写自冯梦龙《白娘子永镇雷峰塔》）